Agatha Christie®

UM DESTINO IGNORADO

Tradução de BRUNO ALEXANDER

www.lpm.com.br

L&PM POCKET

Coleção **L&PM** POCKET, vol. 1050

Texto de acordo com a nova ortografia.
Título original: *Destination Unknown*

Primeira edição na Coleção **L&PM** POCKET: junho de 2012
Esta reimpressão: abril de 2023

Tradução: Bruno Alexander
Capa: designedbydavid.co.uk © HarperCollins/Agatha Christie Ltd. 2008
Preparação: Elisângela Rosa dos Santos
Revisão: Simone Borges

CIP-Brasil. Catalogação na Fonte
Sindicato Nacional dos Editores de Livros, RJ.

C479d

Christie, Agatha, 1890-1976
Um destino ignorado / Agatha Christie; tradução de Bruno Alexander. – Porto Alegre, RS: L&PM, 2023.
240p. : 18 cm. (Coleção L&PM POCKET; v. 1050)

Tradução de: *Destination Unknown*
ISBN 978-85-254-2653-6

1. Romance inglês. I. Alexander, Bruno. II. Título. III. Série.

12-2166. CDD: 823
CDU: 821.111-3

Rua Comendador Coruja, 314, loja 9 – Floresta – 90.220-180
Porto Alegre – RS – Brasil / Fone: 51.3225.5777

Pedidos & Depto. Comercial: vendas@lpm.com.br
Fale conosco: info@lpm.com.br
www.lpm.com.br

Impresso no Brasil
Outono de 2023

Agatha Christie
(1890-1976)

Agatha Christie é a autora mais publicada de todos os tempos, superada apenas por Shakespeare e pela Bíblia. Em uma carreira que durou mais de cinquenta anos, escreveu 66 romances de mistério, 163 contos, dezenove peças, uma série de poemas, dois livros autobiográficos, além de seis romances sob o pseudônimo de Mary Westmacott. Dois dos personagens que criou, o engenhoso detetive belga Hercule Poirot e a irrepreensível e implacável Miss Jane Marple, tornaram-se mundialmente famosos. Os livros da autora venderam mais de dois bilhões de exemplares em inglês, e sua obra foi traduzida para mais de cinquenta línguas. Grande parte da sua produção literária foi adaptada com sucesso para o teatro, o cinema e a tevê. *A ratoeira*, de sua autoria, é a peça que mais tempo ficou em cartaz, desde sua estreia, em Londres, em 1952. A autora colecionou diversos prêmios ainda em vida, e sua obra conquistou uma imensa legião de fãs. Ela é a única escritora de mistério a alcançar também fama internacional como dramaturga e foi a primeira pessoa a ser homenageada com o Grandmaster Award, em 1954, concedido pela prestigiosa associação Mystery Writers of America. Em 1971, recebeu o título de Dama da Ordem do Império Britânico.

Agatha Mary Clarissa Miller nasceu em 15 de setembro de 1890 em Torquay, Inglaterra. Seu pai, Frederick, era um americano extrovertido que trabalhava como corretor da Bolsa, e sua mãe, Clara, era uma inglesa tímida. Agatha, a caçula de três irmãos, estudou basicamente em casa, com tutores. Também teve aulas de canto e piano, mas devido ao temperamento introvertido não seguiu carreira artística. O pai de Agatha morreu quando ela tinha onze anos, o que a aproximou da mãe, com quem fez várias viagens. A paixão por conhecer o mundo acompanharia a escritora até o final da vida.

Em 1912, Agatha conheceu Archibald Christie, seu primeiro esposo, um aviador. Eles se casaram na véspera do Natal de 1914 e tiveram uma única filha, Rosalind, em 1919. A carreira literária de Agatha – uma fã dos livros de suspense do escritor inglês Graham Greene – começou depois que sua irmã a desafiou a escrever um romance. Passaram-se alguns anos até que o primeiro livro da escritora fosse publicado. *O misterioso caso de Styles* (1920), escrito próximo ao fim da Primeira Guerra Mundial, teve uma boa acolhida da crítica. Nesse romance aconteceu a primeira aparição de Hercule Poirot, o detetive que estava destinado a se tornar o personagem mais popular da ficção policial desde Sherlock Holmes. Protagonista de 33 romances e mais de cinquenta contos da autora, o detetive belga foi o único personagem a ter o obituário publicado pelo *The New York Times.*

Em 1926, dois acontecimentos marcaram a vida de Agatha Christie: a sua mãe morreu, e Archie a deixou por outra mulher. É dessa época também um dos fatos mais nebulosos da biografia da autora: logo depois da separação, ela ficou desaparecida durante onze dias. Entre as hipóteses figuram um surto de amnésia, um choque nervoso e até uma grande jogada publicitária. Também em 1926, a autora escreveu sua obra-prima, *O assassinato de Roger Ackroyd.* Este foi seu primeiro livro a ser adaptado para o teatro – sob o nome *Álibi* – e a fazer um estrondoso sucesso nos teatros ingleses. Em 1927, Miss Marple estreou como personagem no conto "O Clube das Terças-Feiras".

Em uma de suas viagens ao Oriente Médio, Agatha conheceu o arqueólogo Max Mallowan, com quem se casou em 1930. A escritora passou a acompanhar o marido em expedições arqueológicas e nessas viagens colheu material para seus livros, muitas vezes ambientados em cenários exóticos. Após uma carreira de sucesso, Agatha Christie morreu em 12 de janeiro de 1976.

Sumário

Para Anthony, *que gosta de viajar para outros países tanto quanto eu.*

Capítulo I

O homem sentado atrás da mesa moveu um pesa-papéis em vidro alguns centímetros para a direita. Seu semblante parecia mais sem expressão do que pensativo ou disperso. Tinha a tez pálida de quem passa a maior parte do dia sob luz artificial. Dava para ver que vivia enfurnado entre mesas e arquivos. Parecia natural que, para chegar à sua sala, fosse necessário atravessar longos corredores subterrâneos. Seria difícil precisar sua idade. Não parecia nem velho nem novo. No rosto liso e sem rugas, os olhos denotavam um grande cansaço.

O outro homem na sala era mais velho. Moreno, com um pequeno bigode militar, emanava vivacidade e energia. Não conseguia ficar parado. Andava de um lado para o outro, soltando observações bruscas aqui e ali.

– Relatórios! – exclamou de modo explosivo. – Relatórios e mais relatórios para quê?

O homem sentado à mesa olhou para os papéis à sua frente. Sobre eles havia um cartão oficial onde se lia "Betterton, Thomas Charles". Depois do nome havia um ponto de interrogação. Sacudiu a cabeça pensativo e perguntou:

– Você investigou os relatórios e não encontrou nada?

O outro encolheu os ombros.

– Vai saber – disse.

O homem atrás da mesa suspirou.

– É verdade – concordou. – Não dá para ter certeza.

O homem mais velho prosseguiu, como uma metralhadora, numa saraivada de palavras:

– Relatórios de Roma; relatórios de Touraine; visto na Riviera; avistado em Antuérpia; identificado em Oslo; reconhecido em Biarritz; observado agindo de forma suspeita em Estrasburgo; visto na praia de Ostend em companhia de uma linda loura; avistado caminhando pelas ruas de Bruxelas com um galgo! Só não foi visto, até agora, no jardim zoológico abraçando uma zebra, mas garanto que não falta muito para isso!

– Você não tem nenhum palpite, Wharton? Eu tinha esperanças no relatório de Antuérpia, mas foi em vão. É claro que agora... – o jovem fez uma pausa e pareceu desligar-se de tudo. De repente, saiu do transe e disse de maneira enigmática: – Sim, provavelmente... mas mesmo assim... será?

O coronel Wharton sentou-se desajeitado no braço de uma poltrona.

– Mas precisamos descobrir – insistiu. – Temos que encontrar uma resposta para todos esses *como*, *por que* e *onde*. Não se pode perder um cientista por mês e não ter a mínima ideia de *como* isso acontece, *por que* e para *onde* eles vão! Será que vão para onde nós pensamos? Sempre achamos que sim, mas agora não sei mais. Você leu as últimas informações que chegaram dos Estados Unidos sobre Betterton?

O homem atrás da mesa fez que sim com a cabeça.

– As mesmas tendências esquerdistas de todos no período. Nada de duradouro ou permanente, até onde foi possível averiguar. Trabalhou com afinco antes da guerra, mas não fez nada de espetacular. Quando Mannheim fugiu da Alemanha, Betterton foi designado para ser seu auxiliar e acabou casando com a filha dele. Após a morte de Mannheim, continuou a trabalhar por conta própria e fez um trabalho brilhante. Ficou famoso com a incrível Fissão ZE, uma descoberta revolucionária que o colocou no topo do mundo científico. Tudo indicava que teria uma carreira excepcional nos Estados Unidos, mas sua mulher morreu pouco depois do casamento, e ele, profundamente abalado, voltou para a Inglaterra. Trabalhou em Harwell durante os últimos dezoito meses. Seis meses atrás casou novamente.

– Encontrou algo aí? – perguntou Wharton de súbito.

O outro respondeu negativamente com a cabeça.

– Não. Ela é filha de um advogado. Trabalhava numa agência de seguros antes de se casar. Não tinha ideias políticas extremistas, até onde sabemos.

– Fissão ZE – disse o coronel Wharton em tom de aversão. – O que eles querem dizer com todos esses termos vai além da minha compreensão. Sou antiquado, não consigo nem visualizar uma molécula, e hoje em dia eles falam em cindir o universo! Bombas atômicas, fissão nuclear, fissão ZE etc. E Betterton era um dos líderes! O que pensam dele em Harwell?

– Um sujeito simpático. Quanto ao trabalho, nada de excepcional ou espetacular. Apenas variações sobre as aplicações práticas da FZE.

Os dois ficaram em silêncio por alguns instantes. A conversa tomara um rumo desconexo, quase automático. Os relatórios de segurança estavam empilhados sobre a mesa e nada continham de útil ou valioso.

– Ele foi rigorosamente investigado quando chegou, é claro – contou Wharton.

– Sim, tudo em ordem.

– Há dezoito meses – disse Wharton pensativo. – Eles não gostam. Precauções de segurança. A sensação de estarem sempre sendo vigiados, uma vida sem liberdade. Ficam irritados, esquisitos. Já vi acontecer várias vezes. Começam a sonhar com um mundo ideal. Liberdade e fraternidade, troca de todos os segredos e trabalho para o bem da humanidade! É exatamente nesse momento que alguém, pertencendo à escória da raça humana, percebe a oportunidade e então a aproveita! – Coçou o nariz. – Não existe ninguém tão ingênuo quanto um cientista – disse. – É o que afirmam todos os falsos médiuns. Não vejo por quê.

O outro sorriu. Um sorriso exausto.

– Sim – disse –, é assim mesmo. Eles acham que *sabem*. Isso é sempre perigoso. Nosso caso é diferente. Somos homens de mentalidade humilde. Não pretendemos salvar o mundo. Queremos apenas recolher algumas peças quebradas ou retirar corpos estranhos que estão provocando enguiços na máquina. – Bateu com os dedos na mesa. – Se soubesse um pouco mais sobre Betterton... – lamentou. – Não sobre sua vida e seu modo de agir, mas sobre as coisas cotidianas, que podem ser muito reveladoras. Que tipo de piada o fazia rir. O que o fazia blasfemar. Quem admirava e quem o perturbava.

Wharton olhou para ele com curiosidade.

– E a mulher? Já falou com ela?

– Várias vezes.

– E não ajudou em nada?

O outro deu de ombros.

– Até agora não.

– Acha que ela sabe de alguma coisa?

– Não admite, evidentemente. Apresenta todas as reações esperadas: preocupação, tristeza, muita ansiedade, nenhum indício ou suspeita anterior, vida do marido perfeitamente normal, nenhum tipo de estresse... e assim por diante. Tem a teoria de que o marido foi raptado.

– E você não acredita nela.

– Sou limitado – disse o homem atrás da mesa, com certa amargura. – Nunca acredito em ninguém.

– Bem – disse Wharton, lentamente –, acho que devemos manter a cabeça aberta. Como ela é?

– Uma mulher comum, dessas que se veem jogando bridge.

Wharton indicou, com um gesto de cabeça, que entendia.

– Isso torna as coisas mais difíceis – disse.

– Ela está aqui agora. Veio me ver. Falaremos sobre as mesmas coisas de novo.

– É o único jeito – disse Wharton. – Mas *eu* não conseguiria. Não tenho paciência – levantou-se. – Não tomarei mais seu tempo. Não avançamos muito, não é?

– Infelizmente, não. Você poderia estudar mais a fundo o relatório de Oslo. Parece promissor.

Wharton assentiu com a cabeça e saiu. O outro homem ergueu o fone que estava perto de seu cotovelo e avisou:

– Verei a sra. Betterton agora. Mande-a entrar.

Ficou fitando o espaço até ouvir uma batida na porta e a sra. Betterton entrar. Era uma mulher alta, aparentando uns 27 anos de idade. O que mais chamava atenção nela era a sua magnífica cabeleira ruiva. Por trás do esplendor da cabeleira, o rosto parecia quase insignificante. Tinha os olhos azul-turquesa e os cílios claros comuns em pessoas ruivas. Ele reparou que ela não usava nenhuma maquiagem. Pensou no que isso poderia significar, enquanto a cumprimentava, fazendo-a sentar confortavelmente numa cadeira perto de sua mesa. Decerto indicava que sabia mais do que dizia saber.

Tinha conhecimento, por experiência, de que as mulheres, mesmo passando por momentos de grande aflição, jamais descuidavam da maquiagem. Cientes de como o sofrimento sulcava-lhes o rosto, faziam o melhor possível para disfarçar os estragos. Pensou que talvez a sra. Betterton tivesse deixado de se maquiar de propósito para representar melhor o papel de esposa desesperada. Quase sem fôlego, ela perguntou:

– Oh, sr. Jessop, espero que... alguma notícia?

Ele fez que não com a cabeça e disse, com delicadeza:

– Peço desculpas por ter pedido que viesse aqui novamente, sra. Betterton. Lamento não ter nenhuma notícia a dar.

Olive Betterton falou rapidamente:

– Eu sei. O senhor disse na carta. Mas imaginava que depois, talvez... Mas estou feliz de ter vindo. Ficar em casa sozinha, pensando, preocupada... é o pior, porque não há nada a fazer!

O homem chamado Jessop disse em tom confortador:

– Desculpe-me, sra. Betterton, se eu bater na mesma tecla, fizer as mesmas perguntas, levantar as mesmas questões. Existe sempre a possibilidade de surgir algum detalhe, alguma coisa que a senhora não tenha pensado antes ou talvez tenha julgado pouco importante para contar.

– Sim, compreendo. Pode perguntar de novo tudo o que quiser.

– A última vez em que viu seu marido foi no dia 23 de agosto?

– Sim.

– Isso foi quando ele viajou da Inglaterra para uma conferência em Paris.

– Sim.

Jessop emendou:

– Ele esteve presente nos dois primeiros dias da conferência. No terceiro dia não apareceu. Teria dito a um dos colegas que preferia fazer um passeio de *bateau mouche* nesse dia.

– *Bateau mouche*? O que é isso?

Jessop sorriu.

– Uma dessas pequenas embarcações que navegam no Sena. – Encarou-a. – Parece-lhe pouco provável que seu marido fizesse isso?

Ela respondeu sem saber direito:

– Para falar a verdade, sim. Diria que ele estava muito interessado na conferência.

– É possível. No entanto, o assunto em pauta naquele dia não era de seu especial interesse, e faz sentido que ele tenha tirado um dia de folga. Mas a senhora não acha que seu marido faria isso.

Ela negou com a cabeça.

– Naquela noite, ele não voltou para o hotel – continuou Jessop. – Até onde foi possível averiguar, não atravessou nenhuma fronteira, pelo menos com o seu passaporte. A senhora acha que ele poderia ter um segundo passaporte, talvez com outro nome?

– Não. Por que teria?

Ele a observava.

– A senhora nunca viu um segundo passaporte com ele?

Ela sacudiu a cabeça com veemência.

– Não, e eu não acredito nisso. Não mesmo. Não acredito que tenha ido embora deliberadamente, como vocês pretendem insinuar. Deve ter acontecido alguma coisa com ele ou... talvez tenha perdido a memória.

– Seu estado de saúde era normal?

– Sim. Ele estava trabalhando muito e às vezes sentia-se meio cansado. Só isso.

– Não parecia preocupado ou deprimido?

– Não estava preocupado nem deprimido por *nada*! – com os dedos trêmulos, abriu a bolsa e tirou um lenço. – É tudo tão terrível – disse com a voz embargada. – Não dá para acreditar. Ele nunca teria ido embora sem me dizer nada. Alguma coisa aconteceu. Ele deve ter sido raptado ou talvez assaltado. Tento não pensar nisso, mas às vezes me parece ser a única resposta: ele está morto.

– Por favor, sra. Betterton, por favor... Ainda não há motivo para pensar assim. Se estivesse morto, o corpo já teria sido encontrado.

– Talvez não. Coisas horríveis acontecem. Ele pode ter sido afogado ou jogado no esgoto. Em Paris, nunca se sabe.

– Paris, posso assegurar-lhe, sra. Betterton, é uma cidade muito bem policiada.

Ela afastou o lenço dos olhos e encarou-o com evidente fúria.

– Sei o que o senhor acha, mas não é verdade! Tom jamais venderia segredos nem trairia ninguém. Não era comunista. Sua vida é um livro aberto.

– Quais eram as opiniões políticas dele, sra. Betterton?

– Nos Estados Unidos, creio que era democrata. Aqui votava no Partido Trabalhista. Não se interessava por política. Era um cientista, acima de tudo. – Acrescentou em tom desafiador: – Um cientista brilhante.

– Sim – concordou Jessop –, ele era um cientista brilhante. Esse é justamente o xis da questão. Pode ser que tenham lhe oferecido grandes atrativos para deixar este país e ir para outro lugar.

– Não é verdade – a raiva despontou novamente. – É isso que os jornais querem insinuar. É isso que vocês acham quando me fazem perguntas. Não é verdade. Ele nunca iria embora sem me dizer, sem me dar alguma explicação.

– E ele não falou nada?

Mais uma vez ele a olhava fixo.

– Não. Não sei onde ele está. Acho que foi sequestrado, algo assim, ou talvez esteja morto. Se estiver morto, preciso saber. Preciso saber logo. Não posso continuar deste jeito, esperando e imaginando o pior. Não consigo comer nem dormir. Estou sendo consumida pelas preocupações. Vocês não podem me ajudar *de alguma forma*?

Ele se levantou, contornou a mesa e disse em voz baixa:

– Sinto muito, sra. Betterton, sinto muito mesmo. Posso assegurar que estamos fazendo o máximo possível para descobrir o que aconteceu com o seu marido. Recebemos relatórios diários de diversos lugares.

– Relatórios de onde? – perguntou ela bruscamente. – O que dizem esses relatórios?

Jessop balançou a cabeça.

– Precisamos examiná-los melhor. Mas, de um modo geral, são todos muito vagos.

– Eu *preciso* saber – murmurou ela de novo com a voz tremida. – Não posso continuar assim.

– A senhora gosta muito de seu marido, sra. Betterton?

– É claro que gosto. Estamos casados há seis meses. Apenas seis meses.

– Eu sei. Perdoe-me a pergunta: vocês chegaram a ter algum tipo de briga ou discussão?

– *Não*!

– Nenhum problema relacionado a outra mulher?

– É claro que não. Já lhe falei. Só estamos casados desde abril.

– Não que eu esteja insinuando nada, mas temos que considerar todas as possibilidades que possam explicar sua partida tal como se deu. A senhora diz que ultimamente ele não parecia perturbado nem preocupado... não demonstrava nenhum tipo de nervosismo?

– Não. Não *mesmo*!

– A senhora sabe que trabalhando como o seu marido, em condições limitantes de segurança, as pessoas ficam nervosas, sra. Betterton. Aliás, é o mais normal – disse sorrindo.

A sra. Betterton não correspondeu ao sorriso.

– Ele estava igual a sempre – disse ela com frieza.

– Estava feliz com o trabalho? Contava-lhe sobre suas atividades?

– Não, era tudo muito técnico.

– A senhora acredita que ele tivesse alguma apreensão quanto às possibilidades destrutivas, digamos assim, do que fazia? Os cientistas sentem isso às vezes.

– Nunca deu a entender nada do gênero.

– Veja bem, sra. Betterton – inclinou-se sobre a mesa, deixando de lado parte da impassividade –, o que estou tentando fazer é compreender seu marido, ter uma ideia do tipo de homem que era, mas a senhora parece não querer ajudar.

– O que mais eu posso dizer ou fazer? Já respondi a todas as suas perguntas.

– Sim, respondeu a todas as minhas perguntas, quase sempre com negativas. Quero respostas afirmativas, algo construtivo. Entende o que quero dizer? É muito mais fácil procurar um homem quando sabemos como ele é.

Ela refletiu por alguns instantes.

– Entendi. Acho que entendi, pelo menos. Bem, Tom era uma pessoa alegre, bem-humorada e, é claro, muito inteligente.

Jessop sorriu.

– Essas são as qualidades. Vejamos algo mais pessoal. Ele lia muito?

– Sim, muito.

– Que tipo de livro?

– Ah, biografias. Livros recomendados por clubes de leitura e, quando estava cansado, romances policiais.

– Ou seja, um leitor comum. Tinha algum interesse específico? Jogava cartas ou xadrez?

– Jogava bridge. Costumávamos jogar com o dr. Evans e a esposa, uma ou duas vezes por semana.

– Seu marido tinha muitos amigos?

– Sim, ele era bastante sociável.

– Não me refiro somente a isso. Pergunto se ele era muito ligado aos amigos.

– Jogava golfe com alguns vizinhos.

– Não tinha amigos íntimos?

– Não. Morou muitos anos nos Estados Unidos e nasceu no Canadá. Não conhecia muita gente aqui.

Jessop consultou um pedaço de papel que estava ao lado.

– Pelo que sei, três pessoas vindas dos Estados Unidos o visitaram recentemente. Tenho os nomes aqui. Até onde conseguimos averiguar, essas três pessoas foram as únicas *de fora*, por assim dizer, com quem ele teve contato. É por isso que lhes demos uma atenção especial. Primeiro, Walter Griffiths. Ele foi visitá-los em Harwell.

– Sim, veio à Inglaterra a passeio e procurou por Tom.

– E como o seu marido reagiu?

– Tom ficou surpreso, mas feliz. Eles se viam muito nos Estados Unidos.

– O que achou desse Griffiths? Poderia descrevê-lo com suas palavras?

– Mas o senhor certamente já sabe tudo sobre ele.

– Sim, sabemos tudo sobre ele, mas gostaria de ouvir a sua opinião.

Ela pensou um pouco antes de falar.

– Bem, é um homem sério e bastante prolixo. Foi muito educado comigo e parecia gostar de Tom. Queria contar o que havia acontecido depois que Tom veio para a Inglaterra. As fofocas locais, imagino. O assunto não me interessou muito porque eu não conhecia as pessoas de quem falava. De qualquer maneira, eu estava preparando o jantar enquanto eles trocavam lembranças.

– Não falaram de política?

– O senhor está querendo insinuar que ele era comunista – o rosto de Olive Betterton corou. – Tenho certeza de que não. Parece que ele tinha um cargo qualquer na promotoria pública. Quando Tom fez um comentário jocoso sobre a caça às bruxas nos Estados Unidos, ele disse, com ar muito severo, que não se compreendia esse tipo de coisa na Inglaterra. Isso prova que ele *não* era comunista!

– Por favor, sra. Betterton, não precisa se alterar.

– Tom não era comunista! Já falei várias vezes, mas o senhor não acredita.

– Acredito, sim, mas essa questão fatalmente virá à baila. Agora, sobre a segunda pessoa vinda de fora que conversou com seu marido, o dr. Mark Lucas. Vocês o encontraram em Londres, não? No Dorset.

– Sim. Fomos a uma peça e depois jantamos no Dorset. Esse homem, Luke, Lucas, apareceu e veio cumprimentar Tom. Era químico, trabalhava com pesquisa. A última vez em que vira Tom fora nos Estados Unidos. Era um refugiado alemão naturalizado americano. Mas com certeza o senhor sabe...

– Com certeza sei disso? Sim, sra. Betterton. Seu marido ficou surpreso ao vê-lo?

– Sim, muito.

– E ficou feliz?

– Acho que sim.

– Acha? – pressionou-a.

– Bem, Tom me disse depois que não tinha muita relação com ele, só isso.

– O encontro foi casual? Não combinaram de se encontrar novamente?

– Não, foi apenas um encontro casual.

– Sei. A terceira pessoa de fora que encontrou seu marido foi uma mulher, a sra. Carol Speeder, também dos Estados Unidos. Como se deu esse encontro?

– Ela trabalhava na ONU, acho eu. Conhecia Tom dos Estados Unidos e ligou de Londres dizendo que estava aqui e perguntando se não poderíamos almoçar com ela um dia desses.

– E vocês foram?

– Não.

– *A senhora* não, mas seu marido foi!

– O quê? – encarou-o.

– Ele não lhe contou?

– Não.

Olive Betterton ficou perplexa e perturbada. O homem que a interrogava sentiu um pouco de pena, mas não aliviou. Pela primeira vez parecia chegar a algum lugar.

– Não entendo – disse ela com voz insegura. – É muito estranho que ele não tenha me contado nada.

– Eles almoçaram juntos no Dorset, onde a sra. Speeder estava hospedada, na quarta-feira, dia 12 de agosto.

– Dia 12 de agosto?

– Sim.

– É verdade, ele foi a Londres nessa ocasião... Nunca falou nada... – ficou pensativa de novo e depois perguntou de repente: – Como ela é?

Ele respondeu rapidamente e em tom tranquilizador:

– Uma mulher em nada encantadora, sra. Betterton. Uma jovem competente, de uns trinta e poucos anos, sem nenhum atrativo especial. Não há indício algum de que mantivesse relações íntimas com o seu marido. Exatamente por isso é estranho que ele não tenha lhe contado sobre o encontro.

– Sim, também acho.

– Agora, pense bem, sra. Betterton. A senhora percebeu alguma mudança no seu marido mais ou menos nessa época? Em meados de agosto, digamos. Cerca de uma semana antes da conferência.

– Não, não percebi nada. Não havia nada para perceber.

Jessop suspirou.

O telefone em cima da mesa tocou discretamente. Ele levantou o fone.

– Sim – disse.

A voz do outro lado anunciou:

– Há um homem aqui querendo falar com alguém responsável pelo caso Betterton, senhor.

– Qual o nome?

A pessoa ao telefone pigarreou de leve.

– Bem, não sei muito bem como se pronuncia, sr. Jessop. Talvez seja melhor soletrar.

– Tudo bem. Pode falar.

Escreveu num papel as letras à medida que as ouvia.

– Polonês? – perguntou no fim.

– Não disse, senhor. Fala inglês bastante bem, mas com um pouco de sotaque.

– Peça para aguardar.

– Pois não, senhor.

Jessop desligou o telefone e depois olhou para Olive Betterton, lá sentada, quieta, com uma placidez afável de desesperança. Arrancou a folha do bloco em que acabara de escrever o nome e entregou a ela.

– Conhece alguém com esse nome? – indagou.

Ela arregalou os olhos. Por um instante, pareceu assustada.

– Sim – respondeu. – Conheço, sim. Ele me escreveu.

– Quando?

– Ontem. É primo da primeira mulher de Tom. Acaba de chegar à Inglaterra. Está muito preocupado com o desaparecimento de Tom. Escreveu perguntando se eu tinha alguma notícia... e para expressar sua profunda solidariedade.

– Nunca ouviu falar nele antes?

Ela fez que não com a cabeça.

– Seu marido nunca falou nele?

– Não.

– Então talvez nem seja parente de seu marido?

– Imagino que não. Nunca havia pensado nisso – disse ela, parecendo abismada. – Mas a primeira mulher de Tom era estrangeira, filha do professor Mannheim. Pela carta, o homem parecia saber tudo sobre Tom e ela. Uma linguagem muito formal e correta... típica de um estrangeiro. Tive a impressão de que dizia a verdade. De qualquer forma, qual seria o sentido de mentir?

– É isso que sempre nos perguntamos – Jessop deu um sorrisinho. – Temos tantas dúvidas que as menores coisas, algumas vezes, nos parecem completamente fora de proporção!

– Imagino que sim – estremeceu de repente. – É como esta sala sua, no meio de um labirinto de corredores, parecendo um daqueles sonhos que nunca terminam...

– Sim, admito que possa ter um efeito claustrofóbico – disse Jessop com ar amável.

Olive Betterton ergueu uma das mãos e ajeitou o cabelo que lhe caía na testa.

– Não consigo aguentar muito tempo – disse. – Ficar sentada esperando. Preciso mudar de ambiente. Viajar para fora, de preferência. Para algum lugar onde os jornalistas não fiquem o tempo todo atrás de mim, onde as pessoas não fiquem me olhando. Todos os amigos que encontro me perguntam se tenho alguma notícia. – Fez uma pausa e depois continuou: – Sinto que vou desabar. Estou tentando ser corajosa, mas é demais para mim. Meu médico concorda. Acha que devo viajar por três ou quatro semanas. Vou lhe mostrar a carta que me escreveu.

Fuçou a bolsa e retirou um envelope, que colocou sobre a mesa, empurrando-o na direção de Jessop.

– Veja o que diz o médico.

Jessop tirou a carta do envelope e leu.

– Sim, entendo – disse.

Guardou-a de volta.

– Então... posso ir? – seus olhos fitavam-no com agitação.

– É claro, sra. Betterton – respondeu, erguendo as sobrancelhas. – Por que não?

– Achei que o senhor fosse fazer alguma objeção.

– Objeção? Por quê? É um assunto que depende somente da senhora. Só peço que me diga como encontrá-la caso tenha alguma notícia enquanto estiver fora.

– Não há problema.

– Para onde está pensando em ir?

– Para algum lugar que tenha sol e poucos ingleses. Espanha ou Marrocos.

– Ótimo. Tenho certeza de que lhe fará muito bem.

– Obrigada. Muito obrigada mesmo.

Levantou-se, eufórica, mas ainda demonstrando nervosismo.

Jessop levantou-se também, cumprimentou-a e tocou a campainha chamando alguém para acompanhá-la até a saída. Voltou a sentar-se. Por alguns momentos, seu rosto permaneceu sem expressão como antes, mas depois sorriu lentamente. Tirou o fone do gancho.

– Mande entrar o major Glydr – ordenou.

Capítulo 2

– Major Glydr? – Jessop hesitou um pouco para pronunciar o nome.

– É difícil mesmo – concordou o visitante, bem-humorado. – Seus compatriotas me chamavam de Glider durante a guerra. Agora que moro nos Estados Unidos, mudarei meu nome para Glyn, que é mais fácil de falar.

– O senhor está vindo dos Estados Unidos?

– Sim, cheguei há uma semana. O senhor é... desculpe perguntar... o sr. Jessop?

– Isso.

O outro o fitou com interesse.

– Já ouvi falar do senhor – disse.

– É mesmo? Onde?

O outro sorriu.

– Talvez estejamos indo depressa demais. Antes de lhe fazer umas perguntas, se me permite, gostaria de lhe mostrar essa carta da Embaixada dos Estados Unidos.

Entregou-a com uma mesura. Jessop leu as primeiras linhas formais de introdução e largou a carta sobre a mesa. Olhou com atenção para o seu interlocutor. Era um homem alto, de uns trinta e poucos anos e postura rígida. O cabelo claro estava cortado bem curto, à moda do continente europeu. Sua maneira de falar era lenta e cuidadosa, com forte sotaque estrangeiro, apesar de gramaticalmente correta. Não demonstrava qualquer nervosismo ou insegurança. Isso, por si só, já era incomum. Quase todo mundo que vinha ao seu escritório ficava nervoso, agitado ou apreensivo. Alguns demonstravam desconfiança; outros, agressividade.

Aquele era um homem em absoluto controle de si mesmo, um sujeito sem expressão no rosto, que sabia o que estava fazendo e por quê. Um homem que não se deixaria enganar, que só diria o que tinha a intenção de dizer. Jessop perguntou em tom amável:

– O que podemos fazer pelo senhor?

– Vim perguntar se tinham alguma notícia sobre Thomas Betterton, que desapareceu há pouco tempo de modo aparentemente misterioso. Não podemos acreditar em tudo o que lemos nos jornais. Perguntei onde poderia conseguir informações fidedignas e me encaminharam ao *senhor.*

– Desculpe-me, não temos informações conclusivas sobre Betterton.

– Talvez tenha sido enviado ao exterior em alguma missão. – Fez uma pausa e acrescentou de forma esquisita: – Sabe como é, missão secreta.

– Meu caro senhor – Jessop disse com certa pena –, Betterton era um cientista, não um diplomata ou agente secreto.

– Entendo a repreensão, mas os rótulos nem sempre condizem com a realidade. O senhor perguntará qual o meu interesse no assunto. Thomas Betterton era meu parente por afinidade. Foi casado com minha prima.

– Sim, o senhor é o sobrinho do professor Mannheim, não?

– Ah, já sabia, então. Vocês estão bem informados aqui.

– As pessoas aparecem e nos contam coisas – murmurou Jessop. – A esposa de Betterton esteve aqui. Ela me contou que o senhor lhe escreveu.

– Sim, para expressar minha solidariedade e perguntar se tinha alguma notícia.

– Muito atencioso de sua parte.

– Minha mãe era a única irmã do professor Mannheim. Eles eram muito ligados. Em Varsóvia, quando eu era criança, ia muito à casa de meu tio, e sua filha, Elsa, era como uma irmã para mim. Quando meu pai e minha mãe morreram, fui morar com meu tio e minha prima. Foi uma época feliz. Depois veio a guerra, as tragédias, os horrores... Mas não falemos nisso. Meu tio e Elsa fugiram para os Estados Unidos. Eu permaneci na Resistência clandestina, e após a guerra foram-me confiadas algumas missões. Só fui aos Estados Unidos visitar meu tio e minha prima uma vez. Finalmente terminaram meus compromissos na Europa e resolvi me mudar para os Estados Unidos, para ficar perto de meu tio, minha prima e seu marido. Mas aí – abriu os braços –, quando cheguei lá, meu tio tinha morrido, minha prima também e seu marido tinha se mudado para a Inglaterra, onde se casou novamente. Ou seja, eu estava mais uma vez sem família. Foi então que li sobre o desaparecimento do famoso cientista Thomas Betterton e decidi vir para cá ver se podia fazer alguma coisa – fez uma pausa e olhou inquisitivamente para Jessop.

Jessop encarou-o sem qualquer expressão no rosto.

– Por que ele desapareceu, sr. Jessop?

– É exatamente isso o que queremos saber – retorquiu Jessop.

– Talvez o senhor saiba.

Jessop achou curioso como os papéis dos dois haviam se invertido com tanta facilidade. Naquela sala, ele é quem costumava interrogar os outros. Agora, o estrangeiro é quem fazia as perguntas.

Sempre sorrindo delicadamente, Jessop retrucou:

– Garanto que não.

– Mas tem alguma suspeita?

– É possível – explicou Jessop com cautela – que toda a situação siga certos padrões... Houve casos parecidos antes.

– Eu sei. – Sem demora, o visitante citou meia dúzia de casos. – Todos cientistas – lembrou ele, como fato importante.

– Sim.

– Foram para o outro lado da Cortina de Ferro?

– É uma possibilidade, mas não temos certeza.

– Por livre e espontânea vontade?

– Até isso é difícil afirmar – disse Jessop.

– Não é da minha conta, não?

– Ora, por favor.

– O senhor está certo. O assunto só me interessa por causa de Betterton.

– Desculpe-me – falou Jessop – se não entendo bem o motivo de seu interesse. Afinal de contas, Betterton não é seu parente direto. O senhor nem o conhecia.

– É verdade. Mas para nós, poloneses, a família é algo muito importante. Existem responsabilidades. – Levantou-se e curvou-se meio duro. – Lamento ter tomado seu tempo e agradeço sua cordialidade.

Jessop levantou-se também.

– Sinto não poder ajudá-lo – disse –, mas asseguro-lhe que estamos tateando no escuro. Se souber de alguma coisa, como o encontro?

– Por intermédio da Embaixada Americana. Muito obrigado. – Mais uma vez, inclinou-se formalmente.

Jessop tocou a campainha. O major Glydr saiu. Jessop tirou o fone do gancho.

– Peça ao coronel Wharton para vir a minha sala.

Quando Wharton entrou, Jessop disse:

– As coisas começaram a andar... finalmente.

– Como assim?

– A sra. Betterton quer viajar para o exterior.

Wharton assobiou.

– Para encontrar o maridinho?

– Espero que sim. Veio com uma carta muito conveniente, escrita pelo médico. Precisa de repouso total e mudança de ares.

– A ideia não é má!

– E pode ser verdade – Jessop lembrou. – Uma simples exposição dos fatos.

– Jamais encaramos as coisas assim – disse Wharton.

– É. Devo dizer, no entanto, que ela age de maneira bastante convincente. Não dá *um* passo em falso.

– Suponho que não tenha conseguido mais nada com ela.

– Um pequeno indício. A mulher de sobrenome Speeder, com quem Betterton almoçou no Dorset.

– É mesmo?

– Betterton não contou à mulher sobre esse almoço.

– Humm – fez Wharton. – Você acha que isso pode ter alguma relevância?

– Acho. Carol Speeder foi chamada a depor ante o Comitê de Investigação sobre Atividades Antiamericanas. Deu esclarecimentos satisfatórios, mas mesmo assim... ficou marcada ou, pelo menos, alguns acham que ficou. *Pode* ser um contato. Foi o único que encontramos em relação a Betterton até agora.

– E quanto aos contatos da sra. Betterton? Algum deles poderia tê-la influenciado em sua ideia de viajar para fora?

– Nenhum contato pessoal. Recebeu ontem uma carta de um polonês, primo da primeira mulher de Betterton. Esteve aqui há pouco, querendo saber detalhes.

– Como ele é?

– Não parece real – disse Jessop. – O típico estrangeiro, muito correto, pegou todas as "manhas", mas não parece real.

– Acha que pode ter sido o contato que veio avisá-la?

– Não sei. Pode ser. Ele me intriga.

– Vai vigiá-lo?

Jessop sorriu.

– Sim. Apertei a campainha duas vezes.

– Você é uma velha raposa cheia de artimanhas. – Wharton ficou sério de novo. – Bem, qual é o plano?

– Janet, acho, e o de sempre. Espanha ou Marrocos.

– Suíça não?

– Dessa vez não.

– Pensava que Espanha ou Marrocos seria mais difícil para eles.

– Não devemos subestimar nossos adversários.

Wharton, com ar aborrecido, deu um peteleco nos documentos secretos à sua frente.

– Acho que os dois únicos países em que Betterton *não* foi visto – disse um tanto decepcionado. – Bem, vamos preparar tudo. Meu Deus, se fracassarmos dessa vez...

Jessop recostou-se na cadeira.

– Há muito tempo que não tiro férias – disse. – Já estou cansado desta sala. Bem que poderia fazer uma pequena viagem para o exterior...

Capítulo 3

I

– Voo 108 para Paris. Air France. Por aqui, por favor.

As pessoas na sala de espera do aeroporto de Heathrow levantaram-se. Hilary Craven pegou sua maleta de couro de lagarto e acompanhou os outros para a pista de decolagem. O vento parecia mais frio em contraste com o calor da sala aquecida.

Hilary tiritava e resolveu ajeitar o casaco de pele. Seguiu os outros em direção ao lugar em que o avião esperava. Finalmente! Ia viajar, fugir daquela atmosfera cinza, fria e monótona para onde havia sol, céu azul e uma vida nova. Deixaria para trás todo aquele peso, o terrível peso da miséria e da frustração. Subiu a escada do avião, curvou a cabeça para entrar e foi acompanhada pelo comissário de bordo até o seu assento. Pela primeira vez em vários meses, sentiu alívio de uma angústia tão intensa que parecia uma dor física.

"Vou sair dessa", disse para si mesma com esperança. "Tenho certeza de que vou sair dessa."

O som das turbinas a agitou. Havia certa brutalidade naquele som. "A miséria civilizada", pensou, "é a pior das misérias. Cinzenta e sem esperança." "Mas agora", repetiu em pensamento, "estou saindo dessa."

O avião começou a movimentar-se suavemente pela pista. A aeromoça disse:

– Coloquem os cintos, por favor.

O avião deu meia-volta e ficou aguardando permissão para decolar. Hilary pensou: "Talvez o avião caia... Talvez nem levante voo. Isso será o fim, a solução para tudo". A espera do sinal de partida parecia interminável. Esperando a permissão de partir rumo à liberdade, Hilary teve um pensamento absurdo: "Jamais conseguirei partir. Ficarei aqui, prisioneira...".

Ah, até que enfim!

Os motores roncaram violentamente, e o avião começou a se movimentar numa velocidade cada vez maior. Hilary pensou: "Não sairá do chão. Impossível... é o fim". Ah, haviam levantado voo. A impressão não era a de que o avião subia, mas a de que a terra se afastava, ficando para trás com seus problemas e decepções, enquanto o pássaro altivo ganhava altura, atravessando as nuvens. A aeronave erguia-se descrevendo uma curva sobre o aeroporto, que parecia um ridículo brinquedo infantil. Estradinhas engraçadas, estranhos caminhos de ferro com trenzinhos de brinquedo. Um mundo ridículo e infantil onde as pessoas amavam, odiavam e machucavam o coração. Nada disso tinha importância agora, porque era tudo tão ridículo, pequeno e insignificante. Haviam ultrapassado as nuvens, massas densas de um cinzento esbranquiçado. Já deviam estar sobre o Canal da Mancha. Hilary encostou a cabeça na poltrona e fechou os olhos. Fugir, escapar. Deixara a Inglaterra, deixara Nigel, deixara o triste monte que era o túmulo de Brenda. Tudo ficara para trás. Abriu os olhos e fechou-os novamente, com um suspiro profundo. Adormeceu...

II

Quando Hilary acordou, o avião estava descendo. "Paris", pensou, ajeitando-se na poltrona e pegando a maleta. Mas não era Paris. A aeromoça, caminhando pelo corredor da aeronave, informou com o tom alegre de professora de maternal que alguns passageiros acham tão irritante:

– Aterrissaremos em Beauvais por causa da névoa em Paris.

Sua maneira de falar sugeria algo como "Não é formidável, crianças?". Hilary espreitou pelo pequeno espaço da janela a seu lado. Não conseguiu ver quase nada. Beauvais também parecia coberta pela neblina. O avião dava voltas, com velocidade reduzida. Levou algum tempo para aterrissar. Os passageiros foram, então, conduzidos através da fria e úmida névoa a uma tosca construção de madeira onde havia algumas cadeiras e um longo balcão.

Hilary sentiu a depressão abatê-la, mas tentava reagir. Um homem a seu lado murmurou:

– Um antigo aeroporto militar. Não tem calefação e nenhum tipo de conforto aqui. Mesmo assim, como estamos na França, eles servirão bebidas.

Não deu outra. Quase que imediatamente, um homem apareceu com chaves e, pouco depois, eram servidas bebidas alcoólicas para levantar o ânimo dos passageiros. Aquilo ajudou a prepará-los para a longa e irritante espera.

Passaram-se algumas horas e nada aconteceu. Da neblina, divisavam-se outros aviões chegando, também impedidos de pousar em Paris por causa do mau tempo. Em seguida, a pequena sala ficou lotada de pessoas com frio e irritadas pela demora.

Para Hilary, tudo parecia irreal, como se estivesse num sonho, protegida do contato com a realidade. Era só um atraso, questão de esperar. Continuava a viagem, sua jornada de fuga. Seguia fugindo de tudo em direção ao lugar em que sua vida recomeçaria. Essa sensação perdurou durante a fatigante demora, nos momentos de caos, até que foi anunciado, já de noite, que viriam ônibus para transportar os passageiros a Paris.

Houve uma grande confusão de passageiros, funcionários e carregadores, todos levando bagagens, empurrando-se e esbarrando-se na escuridão. Hilary, com as pernas e os pés congelados, viu-se enfim num ônibus atravessando lentamente o nevoeiro rumo a Paris.

Foi uma longa e exaustiva viagem de quatro horas. Já era meia-noite quando chegaram ao Invalides, e Hilary ficou feliz de pegar sua bagagem e dirigir-se ao hotel em que tinha reservado um quarto. Estava cansada demais para comer. Tomou um banho quente e desabou na cama.

O avião para Casablanca deveria sair do aeroporto de Orly às dez e meia da manhã no dia seguinte; porém, quando os passageiros chegaram lá, estava tudo uma bagunça. Aviões haviam ficado retidos no solo em muitos lugares da Europa; chegadas e partidas estavam com atraso.

Um funcionário do balcão de partidas, já meio atarantado, encolheu os ombros e disse:

– Sinto muito, mas a senhora não poderá embarcar no voo para o qual tinha reserva! Os horários foram todos alterados. Peço-lhe que se sente por alguns minutos, pois tudo será resolvido.

Finalmente ela foi chamada e informada de que havia um lugar no avião para Dacar, que não costumava fazer escala em Casablanca, mas que naquele caso faria.

– A senhora terá um atraso de três horas.

Hilary aceitou sem protestar, o que deixou o funcionário muito surpreso e feliz.

– A senhora não imagina as dificuldades que estou tendo hoje – disse. – *Enfin*, os passageiros são pouco razoáveis. Não tenho culpa do nevoeiro! É claro que causou transtornos, mas devíamos aprender a levar na esportiva... é o que sempre digo, por mais desagradável que seja a alteração de planos. *Après tout*, madame, que diferença faz um pequeno atraso de uma, duas, três horas? Qual a diferença de chegar a Casablanca nesse ou naquele avião?

Mal sabia o funcionário francês que naquele dia específico uma pequena mudança faria muita diferença. Quando Hilary finalmente desembarcou sob os raios de sol de Casablanca, o carregador, que empurrava um carrinho cheio de malas a seu lado, comentou:

– A senhora teve muita sorte de não ter pegado o avião antes desse, o da linha regular para Casablanca.

– Por quê? O que aconteceu? – indagou Hilary.

O homem ficou constrangido, sem saber o que dizer, mas não tinha como não contar. Baixou a voz, aproximou-se e disse em tom confidencial:

– *Mauvaise affaire!* – exclamou. – Caiu enquanto aterrissava. O piloto, o navegador e quase todos os passageiros estão mortos. Quatro ou cinco sobreviveram e foram levados em estado grave para o hospital.

A primeira reação de Hilary foi uma espécie de raiva cega. Quase sem querer, um pensamento invadiu-lhe a mente: "Por que *eu* não estava naquele avião? Se estivesse, tudo estaria acabado agora... eu estaria morta, livre de tudo. Livre da tristeza, livre dos tormentos. As pessoas daquele avião queriam viver. E eu... não me importo. Por que não fui eu?".

Passou pela alfândega, por mera formalidade, e foi para o hotel com a sua bagagem. Era uma tarde linda e ensolarada, e o sol começava a mergulhar no poente. O ar transparente e a luz dourada eram exatamente como imaginara. Por fim, chegara! Deixara a névoa, o frio e a escuridão de Londres; deixara para trás sua miséria, a indecisão e o sofrimento. Aqui a vida pulsava, havia cor, havia sol.

Atravessou o quarto, abriu a janela e olhou para a rua. Sim, era tudo como imaginara que seria. Afastou-se lentamente da janela e sentou na cama. Fugir, escapar! Era o refrão que não saía de sua cabeça desde que deixou a Inglaterra. Fugir. Escapar. E agora sabia, com uma frieza apavorante, *que não havia fuga possível.*

Tudo aqui era o mesmo que em Londres. Ela própria, Hilary Craven, era a mesma. Era de Hilary Craven que ela estava tentando fugir, e Hilary Craven era Hilary Craven em qualquer lugar, fosse em Londres ou em Marrocos. Disse baixinho a si mesma: "Como fui tola... como *sou* tola! Por que pensei que me sentiria diferente se fosse embora da Inglaterra?".

O túmulo de Brenda, aquele patético e pequeno monte, estava na Inglaterra, e Nigel, muito em breve, estaria casando de novo no mesmo país. Por que essas duas questões haveriam de ter menos importância ali? Pura ilusão, pois era o que desejava, mas agora estava tudo acabado. Ela estava frente a frente com a realidade, a realidade do que era e do que conseguia suportar ou *não.* "É possível suportar as coisas", pensou, "quando há uma *razão* para suportá-las." Ela suportara um longo período de doença, suportara o abandono de Nigel, suportara a forma cruel e brutal como acontecera. Suportara tudo isso porque havia Brenda. Depois veio a longa e lenta batalha para salvar a vida de Brenda e a derrota final... Agora não havia mais nada que justificasse viver. Foi necessário vir a Marrocos para enxergar isso. Em Londres, tinha a impressão de que, se fosse para algum outro lugar, poderia deixar tudo para trás e recomeçar do zero. Por isso escolhera aquele país, um lugar que não tinha nenhuma ligação com o passado e tinha as qualidades que tanto amava: sol, ar puro e pessoas desconhecidas.

Ali, pensara, tudo seria diferente. Ledo engano. Não havia como fugir dos fatos. Ela, Hilary Craven, já não tinha desejo de continuar vivendo. Era isso.

Se o nevoeiro não tivesse intervindo, se tivesse pegado o avião certo, seus problemas estariam resolvidos. Estaria neste momento em algum necrotério francês, o corpo mutilado e repleto de fraturas, mas com o espírito em paz, livre de sofrimento. Bem, nada a impedia de alcançar o mesmo objetivo agora, mas daria um certo trabalho.

Seria muito simples se tivesse comprimidos para dormir. Lembrou-se de quando pedira ao dr. Grey e da cara estranha que ele fizera ao responder:

– Melhor não. Melhor aprender a dormir sem remédios. Talvez seja difícil no começo, mas você se acostumará.

A expressão estranha no rosto do médico. Será que ele já sabia que Hilary chegaria a esse ponto? Não seria difícil. Levantou-se decidida e foi procurar uma farmácia.

III

Hilary sempre pensou que fosse fácil comprar medicamentos em cidades estrangeiras. Ficou admirada ao ver que não era bem assim. A primeira farmácia que procurou vendeu-lhe apenas uma cartela com dois comprimidos. Para comprar uma quantidade maior, disse o farmacêutico, precisaria de receita. Ela agradeceu, sorrindo indiferente, e ia saindo rápido quando esbarrou num rapaz alto, sisudo, que se desculpou em inglês. Ainda ouviu, já na porta, que o jovem pediu pasta de dentes.

De certa forma, achou o fato interessante. Pasta de dentes. Parecia algo tão ridículo, tão normal, tão cotidiano. De repente, sentiu uma pontada aguda no peito, porque a pasta de dentes que ele pedira era a mesma que Nigel usava. Atravessou a rua e foi até a farmácia em frente. Passou por quatro farmácias antes de voltar ao hotel. Achou engraçado deparar-se, na terceira farmácia, com o rapaz de rosto sério, ainda atrás da pasta de dentes preferida, pelo visto difícil de encontrar nas farmácias francesas de Casablanca.

Hilary sentia-se quase alegre ao trocar de vestido e maquiar-se antes de descer para jantar. Desceu o mais tarde possível, pois não queria encontrar nenhum de seus companheiros de viagem ou tripulantes do avião. De qualquer maneira, isso seria improvável, porque a aeronave seguira para Dacar, e ela parecia ser a única pessoa que ficara em Casablanca.

O restaurante estava quase vazio quando ela chegou, mas o jovem inglês carrancudo da pasta de dentes terminava a refeição numa mesa no canto. Parecia bastante entretido na leitura de um jornal francês.

Hilary pediu uma boa comida e meia garrafa de vinho. Numa espécie de agitação inebriante, pensou consigo mesma: "Esta é minha última aventura". Pediu que mandassem uma garrafa de água Vichy para seu quarto e, logo depois, deixou o restaurante e subiu.

O garçom levou a água, abriu a garrafa, colocou-a sobre a mesa e, desejando-lhe boa noite, retirou-se. Hilary suspirou aliviada. Quando o garçom saiu, foi até a porta e trancou-a. Pegou, na gaveta da mesa de cabeceira, os quatro pacotinhos que trouxera das farmácias e abriu-os. Pôs os comprimidos na mesa e encheu um copo com água mineral. Como o remédio era em comprimidos, ela só teria que colocá-los na boca e engoli-los com goles de água Vichy.

Despiu-se, vestiu seu roupão e voltou a sentar-se à mesa. Seu coração batia mais rápido. Começou a sentir um pouco de medo, mas um medo misturado com fascínio, não um sentimento que a faria abandonar seu plano. Estava muito calma e decidida. Iria finalmente fugir, escapar de verdade. Olhou para a escrivaninha, pensando na possibilidade de deixar um bilhete. Resolveu não deixar. Não tinha parentes nem amigos próximos. Não havia de quem se despedir. Quanto a Nigel, não queria causar-lhe um remorso inútil, o que poderia acontecer se lhe deixasse um bilhete. Nigel leria depois, nos jornais, que uma tal sra. Hilary Craven havia morrido em Casablanca por conta de uma overdose de pílulas para dormir. Seria, com certeza, um pequeno parágrafo. Ele receberia a notícia sem grande espanto. "Pobre Hilary", diria, "que falta de sorte." E talvez, em segredo, ele se sentisse aliviado. Porque, pensava Hilary, Nigel devia ter um pequeno peso na consciência, mas era um homem que desejava estar em paz consigo mesmo.

Contudo, Nigel já lhe parecia muito distante e, curiosamente, sem importância. Nada mais restava a fazer. Ela engoliria as pílulas, deitaria na cama e dormiria. Desse sono não acordaria nunca mais. Não tinha, ou julgava não ter, nenhum sentimento religioso. A morte de Brenda sepultara qualquer possibilidade relacionada a isso. Não havia, portanto, mais nada a considerar. Era, de novo, uma viajante, tal como havia sido no aeroporto de Heathrow, uma passageira à espera da partida rumo a um destino desconhecido, sem bagagens e sem o peso das despedidas. Pela primeira vez na vida estava livre, inteiramente livre para agir como bem entendesse. Cortara as amarras do passado. A longa e dolorosa miséria que a atormentava quando estava acordada ficara para trás. Sim. Leve, livre e sem preocupações! Estava pronta para começar sua jornada.

Estendeu a mão para pegar o primeiro comprimido. Nesse momento, ouviu uma pequena batida na porta. Hilary franziu a testa, a mão parada no ar. Quem seria?

A camareira? Não, os lençóis já haviam sido trocados. Alguém, talvez, para falar de documentos ou passaporte? Deu de ombros. Não abriria. Para que se incomodar? Fosse quem fosse, iria embora e voltaria em outra ocasião.

Bateram de novo, um pouco mais forte desta vez. Hilary não se mexeu. Não podia haver nenhuma urgência, e quem estava batendo logo desistiria.

Olhava fixo para a porta e, de repente, para seu grande espanto, viu a chave girar lentamente e depois ser empurrada até cair no chão com um ruído metálico. A maçaneta girou, a porta foi aberta e um homem entrou no quarto. Ela o reconheceu. Era o jovem sério da pasta de dentes. Hilary encarou-o. Estava perplexa demais para dizer ou fazer algo. O rapaz virou-se, fechou a porta, pegou a chave do chão, enfiou-a na fechadura e girou-a. Depois, dirigiu-se a ela e sentou-se numa cadeira do outro lado da mesa. O que ele disse pareceu-lhe completamente absurdo.

– Meu nome é Jessop.

O rosto de Hilary retomou rapidamente sua cor natural. Ela se inclinou para frente e perguntou com raiva e frieza:

– Posso saber o que está fazendo aqui?

Ele a olhou sério e piscou.

– É curioso – disse. – Era exatamente o que eu ia lhe perguntar. – Fez um gesto rápido de cabeça indicando os preparativos sobre a mesa.

Hilary falou logo, irritada:

– Não entendo o que quer dizer.

– Entende sim.

Hilary calou-se, tentando encontrar as palavras certas. Queria dizer tanta coisa! Expressar indignação. Expulsá-lo do quarto. Porém, por mais estranho que possa parecer, foi a curiosidade que prevaleceu. A pergunta veio-lhe aos lábios com tal naturalidade que ela mal se deu conta do que dizia.

– A chave – disse – virou sozinha na fechadura?

– Ah, a chave! – O rosto do rapaz pareceu transformar-se com um sorriso infantil. Enfiou a mão no bolso e tirou um instrumento de metal que entregou a ela para examinar.

– Aí está – disse ele –, uma pequena ferramenta muito útil. É só a enfiar na fechadura que ela prende a chave e a faz girar – pegou de volta a ferramenta e guardou no bolso.

– Então o senhor é um arrombador?

– Não, sra. Craven, não seja injusta. Eu bati na porta. Arrombadores não batem. Quando percebi que a senhora não me deixaria entrar, usei minha ferramenta.

– Mas por quê?

Os olhos do visitante viraram-se de novo para os preparativos sobre a mesa.

– Eu não faria isso se fosse a senhora – disse ele. – Não é como pensamos. Achamos que adormecemos e nunca mais acordamos, mas não é bem assim. Há uma série de efeitos desagradáveis, às vezes convulsões, gangrena da pele. Se a pessoa for resistente à droga, o efeito é bastante demorado. Então, alguém a encontra e é aquele estorvo: lavagem estomacal, óleo de rícino, café quente, bofetadas e sacudidas. Tudo muito humilhante.

Hilary recostou-se na cadeira, semicerrando os olhos. Apertou as mãos uma contra a outra e forçou um sorriso.

– Mas que ideia ridícula – disse. – O senhor acha que eu ia me suicidar?

– Não só acho – disse o jovem chamado Jessop – como tenho certeza. Eu estava na farmácia quando a senhora entrou. Fui comprar pasta de dentes. Como eles não tinham a marca que eu queria, fui a outra farmácia. E lá estava a senhora de novo, comprando mais pílulas para dormir. Achei um pouco estranho e resolvi segui-la.

Todos esses comprimidos para dormir em diferentes lugares. A conclusão era óbvia.

Seu tom de voz era afável, espontâneo, mas muito firme. Olhando para ele, Hilary Craven parou de fingir.

– E o senhor não acha uma insolência imperdoável de sua parte tentar me impedir?

Ele considerou a questão por alguns instantes e depois discordou com a cabeça.

– Não. É uma dessas coisas que *não* se pode deixar de fazer, se é que me entende.

Hilary contestou com veemência.

– O senhor pode me impedir agora, levar os comprimidos, jogá-los pela janela ou qualquer coisa assim. Mas não tem como me impedir de comprar mais, amanhã ou depois, ou evitar que eu me jogue do último andar de um prédio ou na frente de um trem.

O rapaz pensou no que acabara de ouvir.

– Não – disse. – Concordo que não tenho como impedir nada disso. A questão é que não sei se a senhora faria isso amanhã.

– Acha que amanhã posso ter mudado de ideia? – perguntou Hilary com certa amargura na voz.

– Acontece com muita gente – disse Jessop, quase se desculpando.

– Sim, talvez – considerou ela. – Se a pessoa tomar a atitude num acesso de desespero. Mas não quando é um desespero frio. Já não tenho nenhuma razão para viver, entende?

Jessop inclinou o rosto sério e piscou.

– Interessante – falou.

– Não há nada de interessante. Não sou uma mulher interessante. Meu marido, a quem eu amava, me abandonou. Minha única filha morreu de meningite, após sofrer muito. Não tenho parentes próximos nem amigos. Não tenho nenhuma vocação, nenhum hobby e não sei de nada que eu gostaria de fazer.

– Deve ser difícil – disse Jessop, mostrando que entendia. Acrescentou, um tanto hesitante: – A senhora não acha isso errado?

Hilary perguntou com fervor:

– Errado por quê? A vida é *minha*.

– Eu sei, eu sei – repetiu Jessop agora sem hesitação. – Não estou aqui para dar lição de moral, mas *existem* pessoas que condenam o suicídio.

Hilary disse:

– Não sou uma delas.

O sr. Jessop falou de maneira um tanto inadequada:

– Perfeitamente.

Ficou ali sentado, olhando para ela e piscando os olhos pensativo.

Hilary disse:

– Então, sr....

– Jessop – completou o rapaz.

– Então, sr. Jessop. Poderia me deixar sozinha agora?

Jessop fez que não com a cabeça.

– Ainda não – respondeu. – Queria saber o que havia por trás de tudo. Agora eu sei, não? A senhora perdeu o interesse pela vida, não quer mais viver e achou uma boa ideia morrer.

– Isso.

– Muito bem – disse Jessop animado. – Agora sabemos onde estamos. Passemos ao próximo passo. Precisa ser com pílulas para dormir?

– Como assim?

– Bem, já lhe falei que não é tão romântico quanto parece. Atirar-se do alto de um edifício também não é uma grande ideia. Nem sempre se morre instantaneamente. O mesmo pode acontecer jogando-se debaixo de um trem. O que estou querendo dizer é que *existem* outras formas.

– Não entendo.

– Estou sugerindo outro método. Um método mais divertido, empolgante. Serei franco com a senhora. Há apenas um por cento de chance de a senhora não morrer, mas não creio que isso seja um problema, dadas as circunstâncias.

– Não tenho a mínima ideia do que o senhor está falando.

– É claro que não – disse Jessop. – Ainda não comecei a dizer do que se trata. Não tenho como ir direto ao ponto. Preciso, primeiro, contar-lhe uma história. Quer saber?

– Creio que sim.

Jessop não deu atenção à relutância do consentimento. Começou, então, do seu jeito solene.

– A senhora é o tipo de mulher que lê jornais e está a par das notícias, imagino – disse. – Deve ter lido sobre o desaparecimento de cientistas. Houve o caso daquele italiano há cerca de um ano e, dois meses atrás, mais ou menos, desapareceu um jovem cientista chamado Thomas Betterton.

– Sim – respondeu –, li a respeito no jornal.

– Pois bem. O fato é que os jornais não contaram tudo. Mais pessoas desapareceram. Nem todas eram cientistas. Alguns eram jovens que se dedicavam a importantes pesquisas médicas. Outros eram pesquisadores no campo da química e da física. Houve um advogado também. Muita gente em diversos lugares. Podemos dizer que nosso país é um país livre. Ninguém é obrigado a ficar aqui se não quiser. Porém, nesse caso específico, precisamos saber por que essas pessoas foram embora, para onde elas foram e, muito importante, *como* foram. Partiram por livre e espontânea vontade? Foram sequestradas? Foram chantageadas? Que caminho tomaram?

Que tipo de organização está por trás disso e qual o objetivo final? Muitas perguntas. Queremos respostas. A senhora poderia nos ajudar a encontrar essas respostas.

Hilary olhava perplexa para ele.

– Eu? Como? Por quê?

– Falemos do caso de Thomas Betterton. Ele desapareceu de Paris há pouco mais de dois meses. Deixou a mulher na Inglaterra. Ela estava desesperada, ou ao menos foi o que disse. Jurou que não sabia por que ele tinha ido embora, para onde e como. Tudo isso pode ser verdade ou não. Alguns, inclusive eu, pensam que ela não falou a verdade.

Hilary inclinou-se para frente na cadeira. Embora contra a vontade, estava ficando interessada. Jessop prosseguiu.

– Mantivemos uma vigilância discreta sobre a sra. Betterton. Há cerca de quinze dias, ela me procurou para dizer que seu médico recomendara que ela fosse para o exterior descansar e se distrair um pouco. Não lhe faria bem continuar na Inglaterra, onde estava sempre sendo importunada por jornalistas, parentes e amigos solícitos.

Hilary comentou áspera:

– Posso imaginar.

– Sim, muito difícil. Seria natural que quisesse passar um tempo fora.

– É claro.

– Mas temos uma mentalidade maldosa em nosso departamento. Não confiamos em ninguém. Decidimos vigiar a sra. Betterton de perto. Ontem ela deixou a Inglaterra com destino a Casablanca.

– Casablanca?

– Sim... *en route* de outros lugares no Marrocos, é evidente. Tudo às claras, reservas, passagens... Mas pode ser que essa viagem ao Marrocos seja o primeiro passo da sra. Betterton rumo ao desconhecido.

Hilary encolheu os ombros.

– Não vejo onde entro eu nisso tudo.

Jessop sorriu.

– A senhora entra por ter uma magnífica cabeleira ruiva, sra. Craven.

– Pelo *cabelo*?

– Sim. É o que chama mais atenção na sra. Betterton... o cabelo. A senhora deve ter ouvido falar que o avião antes do seu caiu ao aterrissar.

– Sim. Era para eu estar naquele avião. Tinha reserva nele.

– Curioso – comentou Jessop. – Bem, a sra. Betterton *estava* naquele avião. Só que ela não morreu. Foi retirada dos escombros ainda com vida e está no hospital agora. Segundo os médicos, porém, não resistirá até amanhã.

Hilary teve um pequeno vislumbre e olhou para Jessop com curiosidade.

– Sim – disse ele –, talvez entenda agora a forma de suicídio que estou propondo. Sugiro que a senhora passe a ser a sra. Betterton.

– Mas isso seria impossível – objetou Hilary. – Eles saberiam logo que não sou ela.

Jessop inclinou a cabeça para um lado.

– Depende do que a senhora quer dizer com "eles". É um termo muito vago. Quem são "eles"? Será que existem essas pessoas que poderíamos chamar de "eles"? Não sabemos. Mas uma coisa posso garantir: se existirem, tais pessoas trabalham em células independentes muito fechadas. Fazem isso pela própria segurança. Se a jornada da sra. Betterton tinha um propósito e foi planejada, as pessoas encarregadas do assunto aqui não sabem nada sobre a parte inglesa do plano. Na hora combinada, elas entrarão em contato com certa mulher, em determinado lugar, e seguirão os seus passos a partir daí. A descrição no passaporte da sra. Betterton indica uma mulher de um metro e setenta de altura, ruiva, olhos azuis, boca mediana e nenhum sinal característico. Isso é bom.

– Mas as autoridades daqui com certeza...

Jessop sorriu.

– Quanto a isso não haverá problemas. Os franceses também perderam alguns jovens cientistas e químicos importantes. Eles vão cooperar. Os fatos serão os seguintes: a sra. Betterton, por conta de uma concussão, é levada para o hospital. A sra. Craven, outra passageira do avião que caiu, também é levada para o hospital. Dentro de um ou dois dias, *a sra. Craven morrerá no hospital*, e a sra. Betterton terá alta, ainda abalada pelo choque, mas capaz de continuar sua viagem. O desastre foi verdadeiro, a concussão foi verdadeira, e isso será um bom disfarce para a senhora. Explicará muitas coisas, como lapsos de memória ou qualquer comportamento inesperado.

– Seria uma loucura! – exclamou Hilary.

– Uma loucura, sim – concordou Jessop. – É uma missão muito arriscada e, se as nossas suspeitas se confirmarem, a senhora será liquidada. Como vê, estou sendo bastante franco, mas, pelo que disse, está ansiosa e preparada para morrer. Como alternativa para a ideia de se jogar debaixo de um trem ou algo parecido, minha sugestão lhe parecerá bem mais divertida.

Súbita e inesperadamente, Hilary começou a rir.

– Acho que tem razão.

– Aceita, então?

– Sim. Por que não?

– Nesse caso – disse Jessop, levantando-se de modo agitado –, não temos tempo a perder.

Capítulo 4

I

Não estava realmente frio no hospital, mas a sensação era de frio. O ar cheirava a desinfetante. No corredor, ouvia-se o trepidar de vidros e instrumentos quando um carrinho passava. Hilary Craven estava sentada numa cadeira de ferro, junto a uma cama.

Na cama, sob uma luz mortiça e com a cabeça envolta em ataduras, jazia Olive Betterton inconsciente. De um lado, encontrava-se a enfermeira e, do outro, o médico. Jessop estava sentado num canto do quarto. O médico virou-se para ele e disse em francês:

– Não lhe resta muito tempo agora. O pulso está muito mais fraco.

– Ela não recobrará os sentidos?

O francês deu de ombros.

– Não há como prever. Talvez sim, bem no final.

– Não há nada que o senhor possa fazer, nenhum estimulante?

O médico respondeu que não com a cabeça e saiu do quarto, seguido pela enfermeira. Ela foi substituída por uma freira, que se postou junto à cabeceira da cama com seu rosário nas mãos. Hilary olhou para Jessop e, atendendo a um sinal de seus olhos, aproximou-se dele.

– Ouviu o que o médico disse? – perguntou ele baixinho.

– Sim. O que deseja dizer a ela?

– Se ela recobrar a consciência, quero qualquer informação que conseguir, uma senha, um sinal, uma mensagem, *qualquer coisa.* Entende? É mais provável que fale com a senhora do que comigo.

Hilary disse subitamente afetada:

– O senhor quer que eu traia uma pessoa em seu leito de morte?

Jessop inclinou a cabeça para o lado, adotando a pose de pássaro que lhe era tão peculiar.

– Então é assim que a senhora pensa, não? – falou em tom reflexivo.

– Sim.

Ele olhou para ela com ar pensativo.

– Muito bem, a senhora dirá e fará o que bem entender. Quanto a mim, não posso ter escrúpulos! Compreende?

– Sim, é o seu dever. O senhor pode fazer as perguntas que quiser, mas não *me* peça para fazê-las.

– A senhora terá liberdade de ação.

– Há um ponto que precisamos decidir. Diremos a ela que está morrendo?

– Não sei. Tenho que resolver.

Ela concordou com a cabeça e voltou para perto da cama. Sentia agora uma profunda compaixão por aquela mulher ali deitada, à beira da morte, a caminho do homem que amava. Mas não poderiam estar todos enganados? Teria ela vindo para o Marrocos simplesmente atrás de alívio, para passar o tempo até que chegasse alguma notícia esclarecendo se o marido estava vivo ou morto? Hilary ficou pensando nisso.

O tempo passava. Umas duas horas depois, o ruído das contas do rosário da freira parou. Ela disse em tom leve e impessoal:

– Alguma coisa mudou. Creio que é o fim, senhora. Vou chamar o médico.

Saiu do quarto. Jessop foi para o outro lado da cama e encostou-se à parede, de modo a ficar fora do campo visual da paciente moribunda. As pálpebras da mulher tremeram e seus olhos se abriram. Eram olhos de um azul pálido, que se dirigiram a Hilary inexpressivos. Fecharam-se e tornaram a se abrir. Uma certa perplexidade pareceu invadi-los.

– Onde...?

A palavra foi soprada, quase sem fôlego, entre lábios, bem no momento em que o médico entrou no quarto. Ele tomou-lhe o pulso ao lado da cama e, olhando para ela, informou:

– A senhora está no hospital. Houve um acidente com o avião.

– Com o avião?

As palavras foram repetidas como num sonho, entrecortadas pela respiração.

– Há alguém que a senhora queira ver aqui em Casablanca? Quer mandar algum recado?

Seus olhos ergueram-se com dificuldade para o rosto do médico.

– Não – respondeu ela.

Voltou a olhar para Hilary.

– Quem... quem...

Hilary inclinou-se e falou com clareza.

– Eu também vim de avião da Inglaterra. Se puder ajudá-la de alguma forma, por favor, diga-me.

– Não... nada... nada... a não ser...

– Sim?

– Nada.

As pálpebras tremeram novamente e semicerraram-se. Hilary ergueu a cabeça e deparou-se com o olhar imperioso de Jessop. Com firmeza, fez que não com a cabeça.

Jessop aproximou-se. Ficou ao lado do médico. Os olhos da agonizante abriram-se mais uma vez. De repente, reconheceram o que viam.

– Eu o conheço – ela disse.

– Sim, sra. Betterton, a senhora me conhece. Deseja me dizer algo sobre seu marido?

– Não.

Seus olhos fecharam-se de novo. Jessop calou-se e saiu do quarto. O médico olhou para Hilary e disse em voz baixa:

– *C'est la fin!*

Os olhos da moribunda reabriram-se. Percorreram o quarto com esforço e depois fixaram-se em Hilary. Olive Betterton fez um pequeno gesto com a mão, e Hilary, instintivamente, segurou aquela mão branca e fria entre as suas. O médico, erguendo os ombros e fazendo uma ligeira mesura, deixou o quarto. As duas mulheres ficaram sozinhas. Olive Betterton estava tentando falar:

– Diga-me... diga-me...

Hilary sabia o que ela queria saber e, de repente, divisou claramente o que devia fazer. Curvou-se sobre a mulher deitada.

– Sim – disse, falando de modo claro e enfático. – A senhora está morrendo. Era o que queria saber, não era? Agora escute. Tentarei encontrar seu marido. Quer que lhe dê algum recado caso o encontre?

– Diga-lhe... diga-lhe... para tomar cuidado. Boris... Boris... perigoso...

Ofegava. Hilary aproximou-se ainda mais.

– Há alguma coisa que possa me dizer para me ajudar a encontrar seu marido?

– *Neve.*

A palavra saiu tão fraca que Hilary ficou intrigada. Neve? *Neve*? Repetiu sem entender. Olive Betterton emitiu um risinho fantasmagórico e logo depois disse de maneira quase inaudível:

Neve, neve, neve linda que cai!
Desliza na neve e pro chão você vai!

Repetiu a última palavra:

– Vai... vai? Vá e conte a ele sobre Boris. Eu não acreditei. Não *queria* acreditar. Mas talvez seja verdade... Se for, se for... – uma espécie de interrogação dolorosa sobreveio-lhe aos olhos, que fitaram os de Hilary: – ...tome cuidado...

Um estranho gargarejo chegou-lhe à garganta. Seus lábios tremeram. Olive Betterton estava morta.

II

Os cinco dias seguintes foram de grande esforço mental, apesar da inatividade física. Isolada num quarto particular de hospital, Hilary começou a trabalhar. Todas as noites tinha que passar em revista o que estudara durante o dia. Todos os detalhes da vida de Olive Betterton, até onde havia sido possível averiguar, estavam escritos, e ela precisava decorar tudo aquilo. A casa em que morara, a diarista que contratara, seus parentes, os nomes de seu cachorro e de seu canário, todos os pormenores dos seis meses que estivera casada com Thomas Betterton. Seu casamento, os nomes das damas de honra, os vestidos. Os padrões de cortinas, tapetes e chitas. Os gostos de Olive Betterton, predileções e atividades cotidianas. Suas preferências gastronômicas. Hilary ficou impressionada com a quantidade de informações, aparentemente inúteis, que se haviam acumulado. Uma vez, comentou com Jessop:

– Será que alguma dessas coisas tem importância?

Ao que ele respondeu calmamente:

– Provavelmente não. Mas você tem que se transformar no artigo autêntico. Pense da seguinte maneira, Hilary. Você é uma escritora e está escrevendo um livro sobre uma mulher. Essa mulher é Olive. Você descreve cenas de sua infância, sua juventude; descreve seu casamento, a casa onde morava. Cada vez que faz isso, a personagem torna-se mais real para você. Depois, você reescreve. Dessa vez, como uma autobiografia. Escreve *na primeira pessoa.* Entende o que quero dizer?

Ela fez que sim com a cabeça, um tanto perplexa.

– Você não pode pensar em si mesma como Olive Betterton enquanto não *for* Olive Betterton. Seria melhor se você tivesse tempo para aprender, mas *nós não podemos perder tempo.* Por isso tenho que pressioná-la, como se você fosse fazer uma prova na escola. – Acrescentou: – Graças a Deus, você aprende rápido e tem boa memória.

Olhou-a tranquilamente, como se estivesse avaliando sua capacidade.

As descrições de Olive Betterton e Hilary Craven em seus respectivos passaportes eram quase idênticas, mas os dois rostos eram totalmente diferentes. Olive Betterton era bonita, de uma beleza comum e insignificante. Parecia determinada, mas não inteligente. O rosto de Hilary era forte e tinha algo de misterioso. Dos profundos olhos azul-turquesa, sob as sobrancelhas escuras, emanavam brilho e inteligência. Sua boca curvava-se para cima, num traçado largo e generoso. O queixo plano não era tão comum... um escultor acharia interessantes os ângulos de seu rosto.

Jessop pensou: "Existe paixão e coragem aí... e em algum lugar, amortecido mas não morto, há um espírito alegre e tenaz, que gosta da vida e procura aventuras".

– Você conseguirá – ele disse a ela. – Você é uma boa discípula.

O desafio a seu intelecto e memória estimulara Hilary. Ela estava interessada agora, querendo ter sucesso na missão. Uma ou duas objeções vieram-lhe à mente, e ela explicou isso a Jessop.

– Você diz que não serei rejeitada como Olive Betterton, que eles não sabem como ela é, a não ser de modo geral. Mas como você pode ter certeza disso?

Jessop encolheu os ombros.

– Não se pode ter certeza... de nada. Mas sabemos alguma coisa sobre essa estrutura, e parece que internacionalmente existe muito pouca comunicação entre um país e outro. E isso, na verdade, representa uma grande vantagem para *eles*. Se nos depararmos com um elo fraco na Inglaterra (e, veja bem, em qualquer organização haverá sempre um elo fraco), esse elo fraco não sabe nada sobre o que está acontecendo na França, na Itália, na Alemanha ou onde quer que seja. Acabamos esbarrando num muro intransponível. Eles sabem uma pequena parte do todo e mais nada. O mesmo acontece com as outras células. Sou capaz de jurar que a célula daqui sabe apenas que Olive Betterton chegará no avião tal e deverá receber tais e tais instruções. Não é que ela fosse importante *em si*. Se eles a levam até o marido é porque ele a quer perto de si e eles acham que ele trabalhará melhor nessas condições. Ela não passa de um peão no jogo. Você precisa lembrar também que a ideia de apresentar uma falsa Olive Betterton foi uma improvisação de momento, que só foi levada adiante devido ao acidente do avião e à cor de seu cabelo. Nosso plano original era vigiar a própria Olive Betterton e descobrir aonde ela ia, *como*, quem encontraria etc. É isso que o outro lado estará esperando que aconteça.

Hilary então perguntou:

– Vocês não tentaram isso antes?

– Sim, na Suíça. De maneira muito discreta. Fracassamos quanto ao nosso objetivo principal. *Se* alguém entrou em contato com ela, não ficamos sabendo. O contato, portanto, deve ter sido muito rápido. Naturalmente, eles sabem que Olive Betterton está sendo vigiada.

Estão preparados para isso. Cabe a nós fazer um trabalho melhor dessa vez. Precisamos ser mais espertos do que nossos adversários.

– Então serei vigiada?

– É claro.

– Como?

Ele sacudiu a cabeça.

– Não direi. Melhor não saber. O que você não sabe não tem como revelar.

– Acha que eu revelaria?

Jessop fez cara de coruja, como de costume.

– Não sei se você é boa atriz, se mente bem. Não é fácil. A questão não é *dizer* alguma indiscrição. Pode ser qualquer coisa, uma tomada de ar repentina, uma pausa momentânea num gesto, acender um cigarro, por exemplo. Reconhecer um nome ou um amigo. É possível corrigir o erro às vezes, mas uma escorregada mínima pode estragar tudo!

– Entendi. Ou seja, é preciso estar atento o tempo todo, em cada segundo.

– Exato. Mas continuemos a aula! Parece que voltamos à escola, não? Como Olive Betterton você já está praticamente perfeita. Passemos a outras questões.

Códigos, reações, bens diversos. A aula continuava, as perguntas, as repetições, as tentativas de confundi-la, de derrubá-la. Depois, situações hipotéticas e suas reações. No final, Jessop assentiu com a cabeça e declarou-se satisfeito.

– Você conseguirá – disse. Deu-lhe um tapinha no ombro de maneira afável. – Você é uma ótima aluna. E lembre-se: por mais só que se sinta em alguns momentos, saiba que provavelmente não estará. Digo *provavelmente* porque não tenho como garantir. Estamos lidando com gente muito esperta.

– O que acontecerá quando eu chegar ao fim da jornada? – perguntou Hilary.

– Como assim?

– Quando finalmente eu estiver frente a frente com Tom Betterton.

Jessop sorriu e fez um gesto de cabeça, indicando que compreendia a questão.

– Sim. Esse é o momento do perigo. Só posso dizer que nesse momento, *se tudo tiver corrido bem*, você *deverá* ter proteção. Ou seja, se as coisas tiverem saído como *esperamos*. Mas a própria base dessa operação, como você deve lembrar, era a de que não havia muita chance de sair com vida.

– Você não disse um por cento de chance? – lembrou Hilary ríspida.

– Acho que podemos aumentar um pouco as probabilidades. Eu não a conhecia direito.

– Pois é – Hilary ficou pensativa. – Para você, eu devia ser apenas...

– Uma mulher com uma notável cabeleira ruiva, sem ânimo para continuar vivendo – completou ele.

Ela ficou vermelha.

– Um julgamento severo.

– Mas verdadeiro, não? Não costumo ter pena das pessoas. Acho um insulto. Só se tem pena das pessoas quando elas têm pena de si mesmas. A autopiedade é um dos maiores obstáculos do mundo hoje em dia.

Hilary disse ponderadamente:

– Talvez você tenha razão. Você terá pena de mim quando eu for liquidada, ou qualquer que seja o termo, ao realizar essa missão?

– Pena de você? Não. Vou é lamentar muito por termos perdido alguém que merecia nossos cuidados.

– Finalmente um elogio – ficou contente, mesmo sem querer. Continuou em tom prático: – Pensei em outra coisa. Você disse que provavelmente ninguém sabe como é Olive Betterton, mas e se eu for reconhecida como *eu mesma*? Não conheço ninguém em Casablanca, mas há as pessoas que viajaram comigo no avião. Ou pode acontecer de eu encontrar um conhecido entre os turistas que estão aqui.

– Não precisa se preocupar com os passageiros do avião. As pessoas que vieram com você de Paris eram homens de negócios que seguiram para Dacar e um sujeito que saltou aqui, mas já voltou para Paris. Você irá para um outro hotel quando sair daqui, o mesmo em que a sra. Betterton tinha reserva. Usará as roupas dela e terá seu penteado. Um ou dois emplastros nas laterais do rosto modificarão bastante sua aparência. Chamamos um médico para fazer isso. Anestesia local, sem dor, mas é necessário que você tenha algumas marcas genuínas do acidente.

– Você pensa em tudo – disse Hilary.

– Tenho que pensar.

– Você nunca me perguntou – lembrou Hilary – se Olive Betterton me disse algo antes de morrer.

– Achei que não quisesse falar.

– Sinto muito.

– Tudo bem. Respeito-a por isso. Gostaria de ser assim também, mas não posso.

– Ela disse algo que talvez deva lhe contar. Disse: "Diga-lhe", referia-se a Betterton, "diga-lhe para tomar cuidado... Boris... perigoso...".

– Boris – Jessop repetiu o nome com interesse. – Ah! Nosso estrangeiro certinho, o major Boris Glydr.

– Você o conhece? Quem é ele?

– Um polonês que me procurou em Londres. Supostamente, é primo por afinidade de Tom Betterton.

– Supostamente?

– Digamos, para sermos mais precisos, que, se ele for quem afirma ser, é primo da finada sra. Betterton. Mas só temos a palavra dele quanto a isso.

– Ela estava assustada – contou Hilary, franzindo a testa. – Poderia descrevê-lo? Gostaria de poder reconhecê-lo.

– É claro, talvez seja melhor. Um metro e oitenta de altura, uns setenta quilos, aproximadamente. Louro... inexpressivo... olhos claros... jeito artificial, de estrangeiro... fala inglês corretamente, com forte sotaque, porte militar, rígido.

Acrescentou:

– Mandei segui-lo quando saiu do meu escritório. Nada feito. Foi direto à Embaixada dos Estados Unidos. Claro. Trouxera de lá uma carta de apresentação. O tipo normal de carta que eles mandam quando querem ser educados, mas sem compromisso. Suponho que tenha saído da Embaixada no carro de alguém ou pela porta dos fundos, disfarçado de empregado ou algo do gênero. De qualquer forma, ele nos escapou. Sim... eu diria que Olive Betterton tinha razão quando disse que Boris Glydr era perigoso.

Capítulo 5

I

No pequeno salão formal do hotel St. Louis havia três senhoras, cada uma absorta em sua própria ocupação. A sra. Calvin Baker, baixa, gorda, de cabelo meio azulado, escrevia cartas com a mesma energia que aplicava a tudo que fazia. Era a típica turista americana, abastada, sempre atrás de informações precisas sobre os mais diversos assuntos.

Numa cadeira desconfortável, estilo imperial, a srta. Hetherington, que também ninguém duvidaria de que fosse uma turista inglesa, tricotava uma dessas lúgubres e indescritíveis peças de vestuário que as velhas inglesas parecem estar sempre tricotando. Era magra, alta, tinha o pescoço fino, cabelos desgrenhados e um ar de decepção moral com o universo.

Mademoiselle Jeanne Maricot estava sentada graciosamente, olhando pela janela e bocejando. Era morena de cabelos pintados de louro, com um rosto comum que uma maquiagem tornava interessante. Vestia roupas elegantes e não dava a mínima atenção às duas outras ocupantes do salão, que considerava insignificantes por serem exatamente o que eram! Estava planejando uma importante mudança em sua vida sexual e não tinha tempo a perder com aquele tipo de animal chamado turista!

A srta. Hetherington e a sra. Calvin Baker, que já estavam hospedadas há alguns dias no St. Louis, acabaram ficando amigas. A sra. Calvin Baker, com a expansividade dos americanos, falava com todo mundo. A srta.

Hetherington, embora gostasse muito de companhia, falava apenas com ingleses e americanos de uma certa posição social. Só se dirigia a franceses que provassem ter uma respeitável vida familiar, e a prova disso seriam os filhos sentados à mesa na sala de jantar.

Um francês, aparentemente um próspero homem de negócios, olhou para o salão e, intimidado pelo clima de solidariedade feminina, retirou-se, lançando um olhar de interesse para mademoiselle Jeanne Maricot.

A srta. Hetherington começou a contar os pontos em voz baixa.

– Vinte e oito, vinte e nove... e agora? Ah, já sei.

Uma mulher alta e ruiva olhou para a sala e hesitou um momento antes de prosseguir pelo corredor até a sala de jantar.

A sra. Calvin Baker e a srta. Hetherington ficaram imediatamente alertas. A sra. Baker virou-se e perguntou com um sussurro inquieto:

– Reparou na mulher ruiva que olhou para cá, srta. Hetherington? Dizem que é a única sobrevivente daquele terrível desastre de avião da semana passada.

– Vi quando ela chegou hoje à tarde – respondeu a srta. Hetherington, perdendo outro ponto por causa da empolgação – *numa ambulância.*

– Veio direto do hospital, segundo o gerente. Terá sido prudente deixar o hospital tão cedo? Ela teve uma concussão, parece.

– Está com curativos no rosto também. Deve ter se cortado com estilhaços de vidro. Um milagre não ter se queimado. Esses acidentes aéreos causam queimaduras terríveis, creio eu.

– Nem é bom pensar nisso. Coitadinha. Será que era casada e o marido morreu?

– Acho que não – disse a srta. Hetherington, sacudindo a cabeça grisalha e alourada. – O jornal falava de uma única passageira.

– É verdade. Até dizia o nome. Sra. Beverly... não, Betterton.

– Betterton – repetiu a srta. Hetherington pensativa. – O que isso me lembra? Betterton. Nos jornais. Meu Deus! Tenho certeza de que era esse o nome.

– *Tant pis pour Pierre* – mademoiselle Maricot disse para si mesma. – *Il est vraiment insupportable! Mais le petit Jules, lui il est bien gentil. Et son père est très bien placé dans les affairs. Enfin, je me décide!*

Com passos longos e elegantes, mademoiselle Maricot saiu do pequeno salão e da história.

II

A sra. Betterton havia deixado o hospital naquela tarde, cinco dias após o acidente. Uma ambulância a levara até o hotel St. Louis.

Pálida, ainda com aparência de doente e o rosto coberto de curativos, a sra. Betterton foi conduzida imediatamente ao quarto pelo simpático e prestativo gerente do hotel.

– A senhora deve ter passado por poucas e boas! – exclamou ele, após perguntar gentilmente se o quarto reservado era de seu agrado e acender todas as luzes, sem necessidade. – Mas que milagre! Que sorte! Apenas três sobreviventes, pelo que sei, e um deles ainda em estado grave.

Hilary deixou-se cair exausta numa cadeira.

– É verdade – murmurou. – Mal acredito. Mesmo agora, me lembro de muito pouco. As vinte e quatro horas anteriores ao desastre ainda são bastante vagas para mim.

O gerente fez que entendia com a cabeça.

– Sim. Isso é por causa da concussão. Já aconteceu com uma irmã minha. Ela estava em Londres durante a guerra. Uma bomba caiu perto e ela foi jogada ao chão, inconsciente. Levantou-se em seguida, perambulou pela cidade, na estação de Euston pegou um trem e, *figurez-vous*, acordou em Liverpool e não se lembrava da bomba, de ter caminhado a esmo por Londres, de ter tomado o trem e chegado a Liverpool! A última coisa de que se lembrava era de ter pendurado a saia no armário em Londres. Muito curioso isso, não acha?

Hilary concordou. O gerente curvou-se e saiu. Ela ficou de pé e foi olhar-se no espelho. Estava tão imbuída em sua nova personalidade que sentiu a fraqueza nos membros que seria natural numa pessoa que acabava de sair do hospital depois de uma grande provação.

Já havia perguntado na recepção, mas não havia cartas nem recados. Os primeiros passos em seu novo papel tinham que ser no escuro. Olive Betterton talvez tivesse recebido instruções para ligar ou entrar em contato com alguém em Casablanca. Quanto a isso, não havia nenhuma indicação. Toda a informação disponível para começar a agir eram o passaporte de Olive Betterton, sua carta de crédito e a caderneta de viagens Cooks, com passagens e reservas. Na caderneta estavam previstos dois dias em Casablanca, seis dias em Fez e cinco dias em Marrakesh. Essas reservas agora já tinham vencido, evidentemente, e novas providências deveriam ser tomadas. O passaporte, a carta de crédito e a carta de identificação que vinha junto tinham sido devidamente alterados. A fotografia do passaporte era agora a de Hilary e na carta de crédito lia-se *Olive Betterton*, com sua caligrafia. Os documentos estavam em ordem. A tarefa era representar bem seu papel e esperar. Seu grande trunfo devia ser o desastre de avião, a perda de memória e uma natural confusão mental.

O desastre tinha realmente acontecido, e Olive Betterton era uma das passageiras do avião. A concussão explicaria o fato de ela não ter agido conforme instruções. Desnorteada, tonta e fraca, Olive Betterton aguardaria ordens.

A atitude natural a tomar seria descansar. Deitou-se na cama e durante duas horas repassou mentalmente tudo o que havia aprendido. A bagagem de Olive havia sido destruída no acidente. Hilary trazia consigo algumas coisas que conseguira no hospital. Penteou o cabelo, retocou os lábios com batom e desceu para jantar no salão do hotel.

Reparou que olhavam para ela com curiosidade. Várias mesas eram ocupadas por homens de negócios, que mal lhe deram atenção. Contudo, em outras mesas, era possível ouvir claramente os turistas sussurrando:

– Aquela mulher ali... a de cabelo ruivo... é sobrevivente do desastre de avião, querida. Sim, veio do hospital de ambulância. Vi quando chegou. Parece ainda muito mal. Não sei por que a deixaram sair tão cedo. Que tragédia! Escapou por milagre!

Após o jantar, Hilary ficou sentada por algum tempo na pequena sala de visitas. Perguntava a si mesma se alguém a abordaria. Havia uma ou duas outras mulheres na sala, e uma delas, uma senhora de meia-idade, pequena, gorda e com o cabelo azulado, veio sentar-se numa cadeira perto da sua. Puxou conversa em tom enérgico e agradável tipicamente americano.

– Espero que me desculpe, mas não poderia deixar de dizer algumas palavras. Foi a senhora que escapou *incrivelmente* do desastre de avião outro dia, não foi?

Hilary baixou a revista que estava lendo.

– Sim – respondeu.

– Meu Deus! Que terrível, não? O acidente, quero dizer. Apenas três sobreviventes. É isso mesmo?

– Apenas dois – corrigiu Hilary. – O terceiro morreu no hospital.

– Minha nossa! Agora, se me permite a pergunta, srta.... sra....

– Betterton.

– Bem, se me permite a pergunta, em que parte do avião estava sentada? Na frente ou perto da cauda?

Hilary sabia a resposta e respondeu imediatamente.

– Perto da cauda.

– Todos dizem que é o lugar mais seguro, não? Eu sempre procuro um lugar perto da porta de trás. Ouviu isso, srta. Hetherington? – virou a cabeça para incluir outra senhora de meia-idade na conversa. Esta última era indubitavelmente inglesa, com rosto alongado, equino e triste. – Como eu estava dizendo outro dia. Quando entrar num avião, não deixe que essas aeromoças a levem lá para a frente.

– Alguém tem que se sentar na frente – ponderou Hilary.

– Pois não serei eu – arrematou sua nova amiga americana. – A propósito, meu nome é Baker. Sra. Calvin Baker.

Hilary agradeceu a apresentação e a sra. Baker desandou a falar, monopolizando a conversa com a maior facilidade.

– Acabei de chegar de Essaouira e a srta. Hetherington, de Tânger. Conhecemo-nos aqui. Pretende visitar Marrakesh, sra. Betterton?

– Foi o que planejei – disse Hilary. – Mas o acidente acabou atrapalhando toda a minha programação.

– Compreendo. Mas a senhora não pode deixar de conhecer Marrakesh, não acha, srta. Hetherington?

– Marrakesh é um lugar caríssimo – disse a srta. Hetherington. – A ridícula cota de viagem que nos dão dificulta tudo.

– Há um hotel excelente, o Mamounia – continuou a sra. Baker.

– Caríssimo – interrompeu a srta. Hetherington. – Para *mim*, está fora de cogitação. No seu caso é diferente, sra. Baker... dólares. Mas alguém me deu o nome de um pequeno hotel lá, muito agradável e limpo. Segundo me disseram, a comida não é má.

– Para onde mais pretende ir, sra. Betterton? – quis saber a sra. Calvin Baker.

– Gostaria de conhecer Fez – respondeu Hilary com cautela. – Preciso, é claro, fazer novas reservas.

– Sim, a senhora não pode deixar de conhecer Fez ou Rabat.

– Já esteve lá?

– Ainda não. Estou planejando ir muito em breve, assim como a srta. Hetherington.

– Parece que a cidade velha está intacta – disse a srta. Hetherington.

Ficaram jogando conversa fora por mais algum tempo, até que Hilary, alegando cansaço por ser seu primeiro dia fora do hospital, pediu licença e foi para o seu quarto.

A noite, até aquele momento, havia sido bastante inconclusiva. As duas mulheres com quem havia conversado eram tipos tão clássicos de turista que não podia imaginar que fossem outra coisa. No dia seguinte, decidiu que, se ninguém entrasse em contato, iria à Cooks resolver a questão de novas reservas em Fez e Marrakesh.

Na manhã seguinte, como até as onze horas não havia nenhuma carta, recado ou ligação, dirigiu-se à agência de viagens. Encontrou uma pequena fila; porém, quando chegou ao balcão e começou a falar com o funcionário, houve uma interrupção. Um funcionário mais antigo, de óculos, afastou o subordinado com o cotovelo e sorriu amavelmente para Hilary.

– Sra. Betterton, não? Já tenho todas as suas reservas.

– Receio que estejam vencidas – disse Hilary. – Passei um tempo no hospital e...

– *Mais oui*, eu sei. Fico feliz que tenha escapado, madame. Recebi o seu recado telefônico sobre as novas reservas e já está tudo pronto.

Hilary sentiu o pulso acelerar. Até onde sabia, ninguém havia ligado para a agência de viagens. Ali estava, portanto, o primeiro sinal evidente de que os planos de viagem de Olive Betterton estavam sendo supervisionados. Ela disse:

– Não tinha certeza se haviam ligado ou não.

– Mas sim, madame. Vou lhe mostrar.

Ele lhe entregou passagens de trem e *vouchers* para acomodação em hotéis. Alguns minutos depois, estava tudo resolvido. Hilary partiria para Fez no dia seguinte.

A sra. Calvin Baker não apareceu no restaurante, nem para o almoço, nem para o jantar. A srta. Hetherington sim. Respondeu ao cumprimento de Hilary quando esta passou por sua mesa, mas não tentou puxar assunto. No dia seguinte, depois de comprar algumas roupas indispensáveis, Hilary pegou o trem para Fez.

III

Foi no dia da partida de Hilary que a sra. Calvin Baker, ao entrar no hotel com seu jeito enérgico de sempre, encontrou a srta. Hetherington, cujo longo nariz fino vibrava de agitação.

– Lembrei-me do nome *Betterton*... o cientista desaparecido. Saiu tudo nos jornais. Há uns dois meses.

– É mesmo, agora me lembro. Um cientista inglês... sim... estava em alguma conferência em Paris.

– Isso. Agora me pergunto, será que essa é a sua *mulher*? Vi o livro de registro de hóspedes e ela mora em

Harwell... Harwell é onde fica a Estação Atômica. Sou contra essa história de bombas. E o cobalto... uma cor tão bonita que eu usava para pintar na infância. Dizem que é o pior, que *ninguém* sobrevive. Não devíamos fazer essas experiências. Alguém me contou outro dia que o primo, um homem muito inteligente, disse que o mundo inteiro pode ficar *radioativo*.

– Meu Deus! – exclamou a sra. Calvin Baker.

Capítulo 6

Casablanca tinha decepcionado um pouco Hilary. Era uma próspera cidade francesa sem nada de oriental ou misterioso, a não ser a multidão na rua.

O tempo continuava perfeito, ensolarado e claro, e dava-lhe prazer olhar a paisagem pela janela do trem em que viajava para o norte. Um francês baixinho, que parecia ser um caixeiro-viajante, estava sentado à sua frente. No canto, uma freira de cara fechada com seu rosário nas mãos e duas senhoras marroquinas, cheias de embrulhos, conversando alegremente, completavam o vagão. Oferecendo-lhe o isqueiro para acender o cigarro, o francesinho puxou conversa. Mostrou pontos de interesse por onde passavam e deu várias informações sobre o país. Hilary achou-o interessante e inteligente.

– Deveria ir a Rabat, madame. É um grande erro não ir a Rabat.

– Tentarei. Mas não tenho muito tempo. Além disso – sorriu –, o dinheiro está curto. Não podemos trazer muito, como sabe.

– Mas isso é simples. Basta pedir emprestado para um amigo daqui.

– Acontece que não tenho nenhum amigo no Marrocos.

– Na próxima vez em que for viajar, madame, me avise, que eu resolvo. Aqui está meu cartão. Viajo muito para a Inglaterra a negócios. A senhora pode me pagar lá. Simples.

– Muito gentil da sua parte. Espero voltar ao Marrocos algum dia.

– Deve ser uma grande mudança para a senhora, deixar a Inglaterra e vir até aqui. Lá faz tanto frio, tem tanto *fog*... muito desagradável.

– Sim, é uma grande mudança.

– Eu também vim de Paris há três semanas. Uma chuva! Neblina... Um horror. Chego aqui e encontro todo esse sol. Mesmo o ar sendo frio. Mas é puro. Ar puro. Como estava o tempo na Inglaterra quando a senhora veio?

– Como o senhor disse – respondeu Hilary. – Enevoado.

– Sim, é a época do *fog*. Neve... tem caído neve este ano?

– Não – respondeu Hilary –, não temos tido neve. – Observou, com certa graça, que aquele pequeno francês, muito viajado, seguia o que se considerava a boa norma de conversação inglesa, falando principalmente do tempo. Fez-lhe uma ou duas perguntas sobre a situação política no Marrocos e na Argélia, e ele respondeu prontamente, mostrando-se bem informado.

Olhando para o outro canto do vagão, Hilary deparou-se com o olhar fixo de reprovação da freira. As senhoras marroquinas saltaram e outros passageiros entraram. Anoitecia quando chegaram a Fez.

– Deixe-me ajudá-la, madame.

Hilary levantava-se, um pouco atordoada com o rebuliço e o barulho da estação. Carregadores árabes tiravam as malas de suas mãos, gritando, berrando, chamando e recomendando vários hotéis. Virou-se, agradecida, para seu novo conhecido francês.

– A senhora vai para o Palais Djamai, *n'est ce pas, madame*?

– Sim.

– Ótimo. Fica a oito quilômetros daqui.

– Oito quilômetros? – Hilary perguntou assustada. – Então não fica na cidade.

– É perto da cidade velha – o francês explicou. – Eu fico aqui, num hotel da nova cidade comercial. Contudo, nas férias, quem quer descansar e se divertir deve ir para o Palais Djamai. Trata-se da antiga residência da nobreza marroquina. Tem jardins maravilhosos e dá direto na cidade velha de Fez, que permaneceu intacta. Acho que o hotel não mandou ninguém para buscar os passageiros deste trem. Se me permite, providenciarei um táxi para a senhora.

– O senhor é muito gentil, mas...

O francês falou rápido em árabe com os carregadores e, pouco depois, Hilary estava num táxi, com a sua bagagem. O francês disse-lhe exatamente quanto devia dar aos carregadores gananciosos e discutiu com eles quando reclamaram que era pouco. Tirou um cartão do bolso e entregou a ela.

– Meu cartão, madame. Se eu puder ser útil a qualquer momento, é só avisar. Estarei aqui, no Grand Hotel, nos próximos quatro dias.

Ergueu o chapéu e foi embora. Hilary olhou para o cartão e leu, antes que o táxi se afastasse da estação iluminada:

Monsieur Henri Laurier

O táxi saiu rápido da cidade, passando por campos e subindo morros. Hilary tentou ver pela janela para onde estava indo, mas a noite já tinha caído e a escuridão era total. Exceto quando passavam por um ou outro edifício iluminado, não dava para ver nada. Seria ali que sua viagem divergia do normal e adentrava o desconhecido? Seria o monsieur Laurier um emissário da organização que persuadira Thomas Betterton a deixar o trabalho, a casa e a mulher? Sentada num canto, Hilary estava nervosa, apreensiva, perguntando-se para onde a estariam levando.

O táxi, porém, levou-a sem qualquer transtorno ao Palais Djamai. Ela desceu, passou sob a arcada de um portão e viu-se, com emoção, num interior oriental. Havia longos divãs, mesas de café e tapetes típicos. Do balcão da recepção ela foi conduzida, por uma série de salas contíguas, a um terraço com laranjeiras e flores aromáticas. Depois, subindo uma escada em caracol, chegou a um agradável quarto, ainda em estilo oriental, mas equipado com todos os *conforts modernes* tão necessários para viajantes do século XX.

O jantar, informou o empregado, seria a partir das sete e meia. Ela tirou algumas coisas das malas, lavou-se, penteou-se e desceu para o terraço, passando pelo salão de fumar. Subindo alguns degraus, chegou a uma sala de jantar bem iluminada, que formava um ângulo reto com o terraço.

O jantar estava excelente e, enquanto Hilary comia, diversas pessoas entraram e saíram do restaurante. Ela estava cansada demais para avaliá-las e classificá-las, mas uma ou duas chamaram-lhe a atenção. Um homem idoso, muito amarelado de rosto e com barbicha de bode. Reparou nele pela deferência com que era tratado pelos empregados. Pratos eram retirados e colocados a um mero aceno de cabeça. Uma pequena elevação da sobrancelha fazia um garçom vir correndo à sua mesa. Hilary ficou se perguntando quem seria aquele sujeito. A maioria dos presentes eram claramente turistas a passeio. Havia um alemão sentado numa grande mesa no centro, havia um homem de meia-idade com uma moça loura que julgou serem suecos ou dinamarqueses. Havia uma família inglesa, com dois filhos, e vários grupos de viajantes americanos. Havia também três famílias francesas.

Após o jantar, foi tomar café no terraço. Fazia um pouco de frio, mas dava para aguentar. Sentiu, com prazer, a fragrância das flores e foi dormir cedo.

Na manhã seguinte, sentada no terraço sob um grande guarda-sol com listras vermelhas que a protegia, Hilary pensou como tudo aquilo era fantástico. Estava ali, fazendo-se passar por uma mulher morta e esperando que algo melodramático e fora do comum acontecesse. Afinal de contas, seria natural que a pobre Olive Betterton tivesse viajado para distrair a cabeça e tirar do coração o peso e a tristeza que a afligiam. Provavelmente a pobre mulher estivera tão perdida quanto todo mundo.

As palavras que dissera antes de morrer poderiam ter uma explicação perfeitamente simples. Ela queria que Thomas Betterton tomasse cuidado com alguém chamado Boris. Sua mente divagara e ela recitara um estranho *jingle*... depois dissera que no começo não conseguia acreditar. Acreditar em quê? Talvez no fato de Thomas Betterton ter desaparecido daquela maneira.

Não houve insinuações sinistras nem qualquer pista útil. Hilary ficou olhando para o jardim abaixo. Era bonito ali. Um lugar bonito e sossegado. As crianças tagarelavam e corriam de um lado para o outro no terraço. As mães francesas as chamavam ou brigavam com elas. A loura sueca sentou-se numa mesa e bocejou. Tirou da bolsa um batom rosa-claro e retocou os lábios já primorosamente pintados. Olhou-se num pequeno espelho, franzindo um pouco a testa.

Logo em seguida, chegou seu acompanhante – marido, pensou Hilary, ou talvez pai. Ela o cumprimentou sem sorrir. Inclinou-se para frente e falou com ele, aparentemente queixando-se de alguma coisa. Ele se explicou e pediu desculpa.

O senhor com cara amarela e cavanhaque subiu do jardim para o terraço. Sentou-se numa mesa perto da parede, e um garçom veio imediatamente atendê-lo. Deu uma ordem e o garçom curvou-se antes de sair apressado para executá-la. A moça loura segurou, nervosa, o braço de seu companheiro e olhou em direção ao velho.

Hilary pediu um martíni e, quando a bebida chegou, perguntou em voz baixa ao garçom:

– Quem é aquele senhor sentado na mesa da parede?

– Ah! – o garçom inclinou-se para frente num gesto dramático. – É o monsieur Aristides. Um homem muito rico... sim, riquíssimo.

Suspirou extasiado frente a tanta riqueza, e Hilary olhou para a figura murcha e curvada na mesa distante. Era um velho cheio de rugas, ressecado e mumificado. E mesmo assim, por conta de sua enorme fortuna, os garçons corriam, saltavam e falavam com estupefação na voz. O velho monsieur Aristides mudou de posição. Por um momento, seus olhos depararam-se com os dela. Olhou-a por um tempo e depois desviou o olhar.

"Então não é tão insignificante", Hilary pensou. Aqueles olhos, mesmo a distância, eram extraordinariamente vivos e inteligentes.

A moça loura e seu acompanhante levantaram-se de sua mesa e foram para a sala de jantar. O garçom, que agora parecia considerar-se como o guia e mentor de Hilary, parou em sua mesa para recolher os copos e dar-lhe mais informações.

– *Ce monsieur-là* é um grande magnata sueco. Um homem de negócios muito rico, muito importante. E a mulher que está com ele é uma estrela de cinema... outra Garbo, dizem. Muito chique... muito bonita... mas as cenas que faz com ele, as histórias... Nada a agrada. Ela está, como vocês dizem, "de saco cheio" de estar aqui em Fez, onde não há grandes joalherias... nem outras mulheres ricas para admirar e invejar suas roupas. Ela exige que ele a leve a algum lugar mais divertido amanhã. Os ricos nem sempre têm tranquilidade e paz de espírito.

Mal acabou de pronunciar essa última frase, em tom meio sentencioso, percebeu um dedo indicador fazendo sinal e saiu correndo pelo terraço como se tivesse sido ligado na tomada.

– Monsieur?

A maioria das pessoas já tinha ido para o almoço, mas Hilary tomara o café da manhã tarde e não tinha pressa em almoçar. Pediu mais uma bebida. Um francês, jovem e bonito, saiu do bar e atravessou o terraço, lançando um olhar rápido e discreto para Hilary, como que dizendo: "Haverá alguma coisa para fazer aqui?". Desceu os degraus para o terraço inferior, cantarolando em voz baixa um trecho de ópera francesa:

Le long des lauriers roses
Rêvant de douces choses.

As palavras lembravam algo a Hilary. *Le long des lauriers roses.* Laurier. *Laurier*? Esse era o nome do francês que conhecera no trem. Será que havia alguma conexão, ou tratava-se de mera coincidência? Abriu a bolsa e procurou o cartão que tinha recebido. *Henri Laurier, 3 Rue des Croissants, Casablanca.* Virou o cartão e viu leves marcas de lápis na parte de trás. Era como se algo tivesse sido escrito e depois apagado com borracha. Tentou decifrar aquilo. "*Où sont*", começava a mensagem. Depois havia algo que não conseguiu ler e, no final, divisou as palavras "*D'Antan*". Por um momento achou que poderia ser uma mensagem, mas acabou chegando à conclusão de que não era e guardou o cartão de volta na bolsa. Devia ser alguma coisa que o homem havia escrito e depois apagado.

Uma sombra caiu sobre ela, que, assustada, ergueu a cabeça. Era o sr. Aristides, em pé entre ela e o sol. Não olhava para ela, mas em direção às montanhas distantes, além dos jardins abaixo. Soltou um suspiro e virou-se bruscamente, dirigindo-se ao restaurante. Ao virar-se, porém, a manga de seu casaco esbarrou no copo em cima da mesa, que caiu e quebrou. Ele parou e disse com delicadeza:

– Ah. *Mille pardons, madame.*

Hilary sorriu e disse em francês que não importava. Com um pequeno gesto de dedos, ele chamou o garçom.

O garçom, como sempre, veio correndo. O velho mandou que trouxessem outra bebida para a senhora, desculpou-se mais uma vez e foi para o restaurante.

O jovem francês, ainda cantarolando, subiu novamente a escada. Diminuiu perceptivelmente o passo ao se aproximar de Hilary, mas, como ela não deu sinal de vida, ele continuou a caminho do almoço, ignorando-a sutilmente.

Uma família francesa atravessou o terraço, os pais falando com o filho.

– *Mais viens donc, Bobo. Qu'est-ce que tu fais? Dépêche-toi! Laisse ta balle, chérie, on va déjeuner.*

Subiram para o restaurante. Um pequeno núcleo familiar feliz. Hilary sentiu-se subitamente só e assustada.

O garçom trouxe a bebida, e ela perguntou se o monsieur Aristides estava sozinho ali.

– Madame, é claro que um homem tão rico como monsieur Aristides nunca viaja *sozinho.* Ele está aqui com seu criado pessoal, dois secretários e um motorista.

O garçom ficou bastante chocado com a ideia de o sr. Aristides viajar desacompanhado.

Hilary notou, contudo, quando foi finalmente almoçar, que o velho estava sozinho na mesa, como na noite anterior. Numa mesa próxima, encontravam-se dois jovens que ela julgou serem os secretários, pois, em estado de alerta, olhavam constantemente para a mesa em que o sr. Aristides, encarquilhado e simiesco, almoçava sem dar a mínima atenção à presença deles. Evidentemente, para o sr. Aristides, secretários não contam como seres humanos!

A tarde passou voando, como num sonho. Hilary passeou pelos jardins, descendo de terraço em terraço. A paz e a beleza eram impressionantes. Ouvia-se o ruído de água corrente num cenário de laranjas douradas e inúmeras fragrâncias. Aquela atmosfera de reclusão oriental foi o que mais agradou a Hilary. *Como um jardim fechado é minha irmã, minha esposa...* Era assim que um jardim deveria ser, um lugar isolado do mundo, repleto de verde e ouro.

Se eu pudesse ficar aqui, pensou Hilary. Se pudesse ficar aqui para sempre...

Não era no jardim do Palais Djamai que ela pensava, mas no estado de espírito que ele representava. Quando já não procurava a paz, ela a encontrara. E a paz de espírito chegara-lhe num momento em que estava comprometida com uma jornada de aventuras e perigos.

Mas talvez não houvesse nem perigos nem aventuras... Talvez pudesse ficar ali por um tempo sem nada acontecer... e depois...

E depois o quê?

Uma brisa fria soprou, e Hilary sentiu um arrepio. Por um acaso fora levada ao jardim da vida pacífica, mas no final seria traída por si mesma. O turbilhão do mundo, a dureza da vida, os arrependimentos e os desesperos, tudo isso ela carregava dentro de si.

A tarde já findava, e o sol perdera seu calor. Hilary subiu os vários terraços e entrou no hotel.

Na meia-luz do salão oriental, quando seus olhos acostumaram-se com a penumbra, reconheceu a sra.

Calvin Baker, com o cabelo azulado e a aparência imaculada de sempre.

– Acabei de chegar de avião – explicou ela. – Não suporto trens... o tempo que levam! E os passageiros... uma falta de higiene! Eles não têm a mínima ideia do que seja higiene nesses países. Você precisava ver a carne que vendem nos *souks*... tudo coberto de moscas. Eles devem achar *natural* que as moscas pousem em cima de tudo.

– Imagino que sim – disse Hilary.

A sra. Calvin Baker não deixaria passar tamanha heresia.

– Sou a favor da Campanha pela Assepsia na Alimentação. No meu país, tudo o que é perecível é embrulhado em celofane... mas mesmo em Londres vocês deixam o pão e o bolo sem embrulhar. Agora, conte-me, tem passeado? Imagino que tenha feito a cidade velha hoje, não?

– Na verdade, ainda não "fiz" nada – disse Hilary, sorrindo. – Fiquei o dia todo sentada no sol.

– É claro... esqueci que você acabou de sair do hospital. – Evidentemente, para a sra. Calvin Baker só uma doença recente poderia explicar o fato de não se fazer um passeio turístico. – Que pergunta boba a minha. Depois de uma concussão, o melhor mesmo é repousar o máximo possível num quarto escuro. Logo, logo poderemos passear juntas. Sou do tipo de pessoa que gosta de um dia realmente agitado... tudo planejado e acertado. Sem desperdiçar um minuto sequer.

No estado de espírito de Hilary no momento, a ideia parecia-lhe a antessala do inferno, mas ela parabenizou a sra. Calvin Baker pela sua energia.

– Bem, eu diria que, para uma mulher da minha idade, até que estou bastante bem. Raramente sinto cansaço. Lembra-se da srta. Hetherington em Casablanca? Uma inglesa de rosto comprido. Ela chegará hoje à noite.

Prefere andar de trem. Que tipo de hóspedes há no hotel? Imagino que franceses na maioria. E casais em lua de mel. Preciso ver a questão do meu quarto agora. Não gostei do que me deram, e eles prometeram que iam trocar.

Como um minirredemoinho de energia, a sra. Calvin Baker retirou-se.

Quando Hilary entrou na sala de jantar aquela noite, a primeira coisa que viu foi a srta. Hetherington numa pequena mesa no canto jantando, com um livro à sua frente.

As três senhoras tomavam café juntas após o jantar, e a srta. Hetherington estava toda empolgada em relação ao magnata sueco e à estrela de cinema loura.

– Não são casados, pelo que eu soube – murmurou, disfarçando o prazer com um tom de reprovação. – Essas coisas são comuns nos países estrangeiros. Aquela família francesa na mesa perto da janela me pareceu muito simpática. Dava para ver que as crianças gostavam bastante do pai. Claro, os franceses deixam as crianças ficarem acordadas até tarde. Às dez horas, algumas ainda não foram para a cama e comem tudo o que têm direito, em vez de tomar leite com biscoito como todas as crianças.

– Mas, mesmo assim, parecem ter uma ótima saúde – comentou Hilary, rindo.

A srta. Hetherington sacudiu a cabeça e emitiu um som de desaprovação.

– Mais tarde terão que pagar o preço – disse, numa espécie de agouro. – Os pais deixam até que eles tomem *vinho.*

O horror não podia ser maior.

A sra. Calvin Baker começou a fazer planos para o dia seguinte.

– Acho que não vou à cidade velha – disse. – Fiz tudo isso na outra vez. Muito interessante. Parece um labirinto, sabe? Um outro mundo. Se eu não tivesse ido com um guia, acho que nunca teria encontrado o caminho de volta ao hotel. Você perde o sentido de orientação. Mas o guia era muito atencioso e me contou muitas coisas interessantes. Ele tem um irmão nos Estados Unidos... em Chicago, acho. Quando terminamos de ver a cidade, ele me levou a uma espécie de restaurante ou casa de chá... uma vista maravilhosa. Tive que tomar aquele chá de hortelã... horrível. E eles queriam que eu comprasse várias coisas, algumas interessantes, mas muita bugiganga. Precisamos ser firmes nessas horas.

– É verdade – concordou a srta. Hetherington. Acrescentou tristemente: – E, é claro, não podemos gastar muito com lembrancinhas. Essas restrições monetárias são bastante aborrecidas.

Capítulo 7

I

Hilary esperava evitar ser obrigada a visitar a cidade velha de Fez na deprimente companhia da srta. Hetherington. Felizmente, esta foi convidada pela sra. Baker para uma excursão de carro. Como a sra. Baker havia deixado claro que pagaria as despesas do transporte, a srta. Hetherington, cuja cota de viagem se esvaía assustadoramente, aceitou sem pestanejar. Hilary, após consultar no balcão, conseguiu um guia e partiu para Fez.

Saindo do terraço e descendo pelos jardins em patamares, chegaram a uma enorme porta no muro lá embaixo. O guia pegou uma chave imensa, destrancou o portão, abriu-o devagar e fez um gesto para Hilary passar.

Foi como se entrassem num outro mundo, rodeados pelos muros da velha Fez. Ruas estreitas, muros altos e, num ponto ou outro, através de uma porta entreaberta, a visão de um interior ou de um pátio interno. Viram burros carregados, homens carregados, crianças, mulheres com véu, mulheres sem véu, toda a vida secreta e agitada daquela cidade mourisca. Perambulando pelas vielas, Hilary esqueceu-se de tudo, de sua missão, da tragédia passada de sua vida, até de si mesma. Só via e ouvia, vivendo e caminhando num mundo de sonhos. A única coisa que a perturbava era o guia, falando pelos cotovelos e insistindo para que entrasse em lojas que não a interessavam.

– Olhe, senhora, esse homem tem coisas muito boas e baratas, realmente antigas, tipicamente mouriscas. Tem batas e sedas. Gosta de contas?

O eterno comércio do leste vendendo ao oeste estava em toda parte, mas nada perturbava o encantamento de Hilary, que logo perdeu o sentido de orientação. Nessa cidade cercada de muralhas, não sabia se estava caminhando para o norte ou para o sul, ou se pisava caminhos já percorridos. Estava bastante exausta quando o guia deu sua última sugestão, evidentemente de praxe.

– Vou levá-la a uma casa muito especial agora, muito superior. São amigos meus. A senhora tomará chá de hortelã e eles lhe mostrarão coisas lindas.

Hilary reconheceu a artimanha que a sra. Calvin Baker havia descrito. No entanto, estava disposta a ver, ou ser levada a ver, qualquer coisa que lhe fosse sugerida. Amanhã, prometeu a si mesma, iria sozinha à cidade velha, sem um guia tagarelando a seu lado. Atravessaram um portão, e o guia a conduziu por uma subida cheia de curvas, quase ultrapassando as muralhas da cidade, até chegarem a uma bela casa em estilo árabe, circundada por um jardim.

Ali, numa enorme sala com uma vista espetacular para a cidade, insistiram para que ela se sentasse numa pequena mesa. Pouco depois, serviram xícaras de chá de hortelã. Para Hilary, que não gostava de chá com açúcar, seria um suplício beber aquilo. Porém, tirando a ideia de chá da cabeça e considerando a bebida como uma espécie de limonada, tomou o chá quase com prazer. Gostou também das coisas que lhe mostraram, tapetes, contas, tecidos, bordados etc. Fez uma ou duas compras, mais por boas maneiras do que por qualquer outro motivo. O incansável guia disse então:

– O carro está esperando. Vou levar a senhora para um passeio curto, mas muito agradável. Uma hora apenas para ver lugares lindos. Depois, voltamos para o hotel. – Acrescentou em tom discreto: – Essa moça aqui a levará primeiro a um excelente toalete para damas.

A moça que servira o chá estava em pé, perto deles, sorrindo. Disse em bom inglês:

– Sim, madame. Venha comigo. Temos um toalete muito bom, muito fino. Igual ao do hotel Ritz. Como em Nova York ou Chicago. A senhora verá!

Hilary seguiu a moça com um pequeno sorriso no rosto. O toalete não estava à altura da propaganda, mas ao menos tinha água corrente. Havia uma pia e um espelho rachado, o qual distorcia tanto as imagens que Hilary quase caiu para trás ao ver o próprio rosto. Depois de lavar as mãos e enxugá-las no próprio lenço, pois não confiara muito na aparência da toalha, virou-se para sair.

A porta, no entanto, parecia estar emperrada. Girou e forçou a maçaneta. Em vão. A porta não se movia. Talvez tivesse sido trancada pelo lado de fora, pensou com irritação. Qual era a ideia de trancá-la ali? Nesse momento, reparou que havia uma outra porta no canto. Foi lá, girou a maçaneta e a porta abriu com facilidade.

Hilary entrou num diminuto aposento de aspecto oriental, iluminado apenas por duas frestas no alto da parede. Sentado num divã, fumando, estava o pequeno francês que encontrara no trem, o monsieur Henri Laurier.

II

Ele não se levantou para cumprimentá-la. Apenas disse com um tom de voz um pouco diferente:

– Boa tarde, sra. Betterton.

Por um momento, Hilary ficou paralisada de espanto. Agora sim... começava o jogo! Conseguiu se recompor. Era isso o que estava esperando. Aja como julga que *ela* agiria. Deu um passo à frente e disse com ansiedade:

– Alguma notícia? Pode me ajudar?

Ele fez que sim com a cabeça e depois falou em tom de repreensão:

– Achei-a, madame, um pouco obtusa no trem. Talvez esteja cansada de falar sobre o tempo.

– O tempo? – fitou-o, confusa.

O que tinha dito sobre o tempo no trem? Frio? *Fog*? Neve?

Neve. Foi o que Olive Betterton sussurrara quando morria. E recitara um versinho bobo... como era mesmo?

Neve, neve, neve linda que cai!
Desliza na neve e pro chão você vai!

Hilary repetiu-o hesitante.

– Exatamente... por que não o disse logo, conforme as ordens?

– O senhor não entende. Eu estive muito mal. Tive um acidente de avião e fui parar no hospital com uma concussão. Minha memória ficou comprometida. Lembro-me bem do passado distante, mas há lapsos terríveis. – Levou as mãos à cabeça e continuou com a voz trêmula, sem dificuldade: – O senhor não imagina como é assustador. Vivo sentindo que esqueci coisas importantes... muito importantes. Quanto mais me esforço para lembrar, mais esqueço.

– Sim – disse Laurier –, o desastre de avião foi uma fatalidade – falava num tom frio e profissional. – A questão agora é saber se a senhora terá perseverança e coragem para continuar sua jornada.

– É claro que continuarei minha jornada – assegurou Hilary. – Meu marido... – sua voz fraquejou.

Ele sorriu sem simpatia. Era um sorriso felino.

– Seu marido – disse –, pelo que sei, está esperando-a ansioso.

Hilary falou com a voz embargada.

– O senhor não sabe – disse –, não imagina como têm sido esses meses desde que ele partiu.

– Acha que as autoridades britânicas chegaram a alguma conclusão quanto ao que a senhora sabe ou não sabe?

Hilary abriu os braços, num gesto largo.

– Como vou saber? Eles *pareceram* satisfeitos.

– Mesmo assim... – interrompeu o que ia dizer.

– Acho bastante possível – disse Hilary lentamente – que eu tenha sido seguida até aqui. Não consegui ver ninguém, mas tenho a impressão, desde que saí da Inglaterra, de que estou sendo observada.

– É claro – disse Laurier friamente. – Era o que esperávamos.

– Achei que deveria avisá-lo.

– Minha cara sra. Betterton, não somos crianças. Sabemos o que estamos fazendo.

– Desculpe – disse Hilary com humildade. – Creio que sou muito ignorante.

– Não faz mal que seja ignorante, contanto que seja obediente.

– Serei obediente – murmurou Hilary.

– A senhora esteve sob rigorosa observação na Inglaterra, desde o dia em que seu marido partiu. Quanto a isso não resta a menor dúvida. No entanto, a mensagem chegou até a senhora, não chegou?

– Sim – respondeu Hilary.

– Agora – disse Laurier em tom metódico – eu lhe darei as instruções, madame.

– Pois não.

– Daqui a senhora partirá para Marrakesh depois de amanhã. Isso é o que a senhora planejou. Está de acordo com suas reservas.

– Sim.

– No dia seguinte ao de sua chegada, receberá um telegrama da Inglaterra. O que dirá o telegrama eu não sei, mas será o suficiente para que a senhora tome providências de voltar imediatamente para a Inglaterra.

– Devo *voltar para a Inglaterra*?

– Por favor, escute. Ainda não terminei. A senhora reservará um lugar no avião que parte de Casablanca no dia seguinte.

– E se eu não conseguir nenhuma reserva? E se já estiver tudo reservado?

– Isso não acontecerá. Já armamos tudo. Entendeu bem as instruções?

– Entendi.

– Então, volte para onde o seu guia está esperando. Já demorou muito no toalete. A propósito, a senhora ficou amiga de uma americana e de uma inglesa que estão hospedadas no Palais Djamai?

– Sim. Cometi algum erro? Foi difícil evitar.

– Não cometeu erro nenhum. Atende perfeitamente a nossos planos. Se conseguir convencer uma delas a acompanhá-la a Marrakesh, melhor ainda. Adeus, madame.

– *Au revoir, monsieur.*

– É pouco provável – disse o monsieur Laurier com total desinteresse – que eu volte a vê-la.

Hilary refez o caminho até o toalete de senhoras. Dessa vez a outra porta não estava trancada. Poucos minutos depois reencontrou o guia na sala de chá.

– Tenho um ótimo carro esperando – informou o guia. – Vou levá-la agora para um passeio muito agradável e instrutivo.

O passeio correu como planejado.

III

– Então está indo para Marrakesh amanhã – comentou a srta. Hetherington. – Não ficou muito tempo em Fez, não é? Não teria sido mais fácil ter ido a Marrakesh primeiro e depois a Fez, voltando em seguida para Casablanca?

– Para falar a verdade, acho que sim – disse Hilary –, mas é difícil conseguir reservas. É muito cheio aqui.

– Não de ingleses – disse a srta. Hetherington desconsolada. – Hoje em dia é terrível. Não encontramos quase *nenhum* conterrâneo. – Olhou em volta com desprezo e disse: – Só há franceses.

Hilary sorriu. O fato de o Marrocos ser uma colônia francesa parecia não significar muito para a srta. Hetherington. Considerava que os hotéis no exterior eram prerrogativa dos turistas ingleses.

– Francês, alemão, armênio *e* grego – completou a sra. Calvin Baker com uma risada estridente. – Aquele pequeno velho raquítico é grego, creio eu.

– Foi o que me disseram – contou Hilary.

– Parece ser uma pessoa importante – comentou a sra. Baker. – É só ver como os garçons correm para atendê-lo.

– Hoje em dia não dão quase nenhuma atenção aos ingleses – disse a srta. Hetherington em tom de lamúria. – Sempre os piores quartos dos fundos... os que antigamente eram dos empregados.

– Bem, não tenho do que reclamar quanto às acomodações que me deram desde que cheguei ao Marrocos – disse a sra. Calvin Baker. – Só quartos confortáveis com banheiro.

– É que a senhora é americana – alfinetou a srta. Hetherington, tricotando furiosamente.

– Queria tanto que vocês duas fossem a Marrakesh comigo! – exclamou Hilary. – Fiquei muito feliz em conhecê-las. Tem sido tão bom conversar com vocês. A pessoa se sente muito isolada viajando sozinha.

– Eu já estive em Marrakesh – lembrou a srta. Hetherington com a voz chocada.

A sra. Calvin Baker, no entanto, pareceu interessar-se pela ideia.

– Até que é uma boa ideia – disse. – Já faz um mês que fui a Marrakesh. Ficaria feliz de ir lá de novo por um tempo. Poderia lhe mostrar a cidade, sra. Betterton, e impedir que fosse explorada. Só depois de conhecer bem um lugar é que sabemos como agir. Boa ideia. Vou até a agência ver o que consigo.

A srta. Hetherington fez um comentário ácido quando a outra se retirou:

– Essas americanas são sempre assim. Vivem correndo de um lugar para outro, sem nunca parar em nenhum. Egito num dia, Palestina no outro. Às vezes, não devem nem saber em que país estão.

Calou-se bruscamente e, levantando-se e recolhendo seu material de tricô, deixou a sala turca com um pequeno aceno de cabeça para Hilary, que olhou para o relógio. Decidiu não se trocar para o jantar, como geralmente fazia. Ficou lá sentada na sala escura, com seus penduricalhos típicos. Um garçom entrou, acendeu duas lâmpadas e saiu. As lâmpadas não iluminavam direito, o que dava ao ambiente o aconchego da penumbra, aquela serenidade oriental. Hilary recostou-se no divã, pensando no futuro.

Ainda ontem tinha dúvidas se toda essa história em que se metera não seria apenas fantasia. E agora chegara o momento de começar sua verdadeira jornada. Precisava ter cuidado, muito cuidado, para não vacilar. Precisava ser Olive Betterton, uma pessoa relativamente instruída, sem senso estético, convencional, mas com tendências esquerdistas e bastante dedicada ao marido.

– Não posso errar – disse Hilary para si mesma num sussurro.

Era estranho estar ali sozinha no Marrocos. Parecia ter entrado num país de mistérios e encantamento. Aquela lâmpada fraca ao seu lado! Se ela pegasse e esfregasse o latão, apareceria o gênio da lâmpada? Levou um susto. Eis que, materializando-se de modo repentino por trás da lâmpada, aparece o sr. Aristides, com seu rosto enrugado e a barbicha pontiaguda. Inclinou-se com educação antes de sentar a seu lado.

– A senhora me permite? – perguntou.

Hilary aquiesceu delicadamente.

Ele retirou do bolso uma cigarreira e ofereceu-lhe um cigarro. Ela aceitou e ele também acendeu o seu.

– Gosta deste país, madame? – indagou pouco depois.

– Estou aqui há muito pouco tempo – retrucou Hilary. – Até agora estou bastante encantada.

– Ah. Já foi à cidade velha? Gostou?

– Achei maravilhoso.

– Sim, é maravilhoso. Vemos o passado lá... o passado do comércio, da intriga, das vozes sussurrantes, das atividades clandestinas, todo o mistério e a paixão de uma cidade contida entre ruas estreitas e muralhas. Sabe o que penso, madame, ao caminhar pelas ruas de Fez?

– O quê?

– Penso na Great West Road de Londres. Nas grandes fábricas às margens da estrada que vocês têm. Penso nesses edifícios iluminados por lâmpadas de neon e nas pessoas lá dentro, que vemos tão bem quando passamos de carro. Não há nada escondido, nenhum mistério. As janelas nem cortina têm. Não. As pessoas trabalham com todo mundo observando-as, se quiserem trabalhar. É como se cortássemos a ponta do formigueiro.

– Quer dizer que é o contraste que o interessa? – perguntou Hilary curiosa.

O sr. Aristides concordou com a cabeça, que parecia a de uma velha tartaruga.

– Sim – disse. – Lá tudo acontece às claras, e nas antigas ruas de Fez nada é *à jour*. Tudo é escondido, escuro... *Mas*... – inclinou-se para frente e bateu com o dedo na mesinha de café feita de latão – acontecem as mesmas coisas. As mesmas crueldades, as mesmas opressões, a mesma sede de poder, as mesmas barganhas e os mesmos regateios.

– O senhor acha que a natureza humana é igual em qualquer lugar? – Hilary perguntou.

– Em todos os países. Tanto no passado quanto no presente, sempre fomos regidos por duas coisas: a crueldade e a benevolência! Uma ou outra. Às vezes ambas. – Continuou quase sem mudar o tom: – Disseram-me, madame, que a senhora sofreu um grave acidente de avião outro dia em Casablanca.

– É verdade.

– Eu a invejo – disse o sr. Aristides inesperadamente.

Hilary encarou-o perplexa. Outra vez ele assentiu com veemência.

– Sim – acrescentou –, deve-se invejá-la. A senhora teve uma experiência. Eu gostaria de ter chegado tão perto da morte. Ter passado por isso e ainda sobreviver... A senhora não se sente diferente desde então, madame?

– Sim, mas pelo lado ruim – respondeu Hilary. – Tive uma concussão e isso me dá terríveis dores de cabeça, além de ter afetado minha memória.

– Meros inconvenientes – disse o sr. Aristides, acenando com a mão –, perto da aventura do espírito que a senhora passou, não?

– É verdade – respondeu Hilary lentamente –, passei por uma aventura espiritual.

Pensava numa garrafa de água Vichy e em comprimidos para dormir.

– Nunca tive essas experiências – disse o sr. Aristides com voz de quem se queixava. – Já passei por muita coisa, mas por isso não. – Levantou-se, curvou-se e disse: – *Mes hommages, madame* – e deixou-a.

Capítulo 8

Como os aeroportos são parecidos, pensou Hilary. Todos estranhamente impessoais. Estão sempre a uma certa distância da cidade e, portanto, dão a estranha sensação de não estar em parte alguma. Podemos ir de Londres a Madri, a Roma, a Istambul, ao Cairo ou a qualquer outro lugar e, se continuarmos no avião, nunca teremos a mínima ideia de como são as cidades! Da janela, formam um mapa esplêndido, repleto de construções que parecem de brinquedo.

E por que, pensou irritada e olhando ao redor, precisamos chegar sempre com tanta antecedência?

Elas já estavam há quase meia hora na sala de espera. A sra. Calvin Baker, que decidira acompanhar Hilary a Marrakesh, falava sem parar. Hilary respondia quase que mecanicamente. Mas então reparou que o curso das palavras havia mudado. A sra. Baker desviara a atenção para outros dois viajantes que estavam sentados perto dela. Dois jovens altos e louros. Um era americano e tinha um sorriso amigável; o outro era dinamarquês ou norueguês e parecia muito sério. Falava devagar, com sotaque carregado, com um inglês cuidadoso e pedante. O americano ficou feliz de encontrar uma compatriota. A sra. Calvin Baker, de modo escrupuloso, logo se virou para Hilary.

– Senhor...? Gostaria de lhe apresentar minha amiga, a sra. Betterton.

– Andrew Peters... Andy para os íntimos.

O outro jovem levantou-se, curvou-se meio sem jeito e disse:

– Torquil Ericsson.

– Agora já nos conhecemos – disse a sra. Baker alegremente. – Vamos todos para Marrakesh? É a primeira vez que minha amiga vai para lá...

– Eu também – disse Ericsson. – É a primeira vez que vou.

– Eu também – disse Peters.

O alto-falante foi ligado de repente e ouviu-se uma voz rouca falando em francês. Não era possível entender direito as palavras, mas parecia ser a chamada para o avião deles.

Além da sra. Baker e de Hilary, havia mais quatro passageiros: Peters, Ericsson, um francês alto e magro e uma freira com ar severo.

O dia estava claro e ensolarado, e as condições de voo eram boas. Recostada em sua poltrona com os olhos semicerrados, Hilary estudava seus companheiros de viagem, procurando, dessa forma, não pensar nas interrogações que lhe vinham à mente.

Uma poltrona à frente da sua, no outro lado do corredor, a sra. Calvin Baker, vestindo seu traje cinzento de viagem, parecia um patinho feliz. Um pequeno chapéu com asas estava pousado sobre seu cabelo azulado, e ela folheava uma revista. De vez em quando, inclinava-se para bater no ombro do homem sentado à frente, o americano louro e animado, Peters. Quando isso acontecia, ele se virava, com aquele seu sorriso bem-humorado, e respondia com entusiasmo às observações. Como os americanos são simpáticos, pensou Hilary. Bem diferentes dos viajantes ingleses. Não conseguia imaginar a srta. Hetherington, por exemplo, conversando com um jovem desconhecido num avião, mesmo que ele fosse de sua nacionalidade, e duvidava que o rapaz respondesse com a mesma afabilidade que o americano estava demonstrando.

No outro lado do corredor, na mesma fileira que a sua, estava o norueguês, Ericsson.

Quando seus olhares se cruzaram, ele fez um cumprimento meio duro, inclinando-se e oferecendo-lhe a revista que acabara de ler. Ela agradeceu e pegou a revista. Na poltrona atrás dele estava o francês magro e moreno, com as pernas esticadas. Devia estar dormindo.

Hilary virou a cabeça disfarçadamente. Encontrou a freira séria atrás dela, e seu olhar, impessoal, indiferente e inexpressivo, cruzou-se com o de Hilary. A freira estava sentada de maneira imóvel, com as mãos entrelaçadas. Pareceu-lhe um anacronismo, uma mulher em trajes medievais tradicionais viajando de avião em pleno século XX.

Seis pessoas, pensou Hilary, viajando juntas por algumas horas, para lugares diferentes e com diferentes objetivos, separando-se no fim, provavelmente para sempre. Havia lido um romance baseado num tema semelhante em que a vida de cada pessoa era acompanhada depois da viagem. O francês, pensou ela, deve estar de férias. Parece exausto. O jovem americano devia ser estudante. Ericsson talvez estivesse começando a trabalhar em algum lugar. A freira, sem dúvida, ia para o convento.

Hilary fechou os olhos e esqueceu os companheiros de viagem. Tratava de decifrar, como fizera na noite anterior, as instruções recebidas. Devia voltar para a Inglaterra! Parecia loucura! Ou podia ser que de alguma forma tivesse vacilado, perdido a credibilidade. Talvez tivesse deixado de proferir determinadas palavras ou de apresentar credenciais que a verdadeira Olive não deixaria. Suspirou e ajeitou-se inquieta na poltrona. "Bem", pensou, "não posso fazer mais do que estou fazendo. Se cometi algum erro, paciência. Fiz o meu melhor."

Ocorreu-lhe outro pensamento. Henri Laurier aceitara como natural e inevitável que ela fosse vigiada de perto no Marrocos... seria uma maneira de desfazer suspeitas? Com a volta repentina da sra. Betterton à Inglaterra, certamente pensariam que ela *não* tinha vindo ao Marrocos para "desaparecer" como seu marido. As suspeitas afrouxariam... ela seria considerada como uma autêntica viajante.

Partiria para a Inglaterra, pela Air France, via Paris... e talvez em Paris...

Sim, é claro... em Paris. Em Paris, onde Tom Betterton havia sumido. Seria muito mais fácil forjar um desaparecimento lá. Talvez Tom Betterton jamais tenha deixado Paris. Talvez... Cansada de especular em vão, Hilary adormeceu. Acordou, cochilou de novo, olhando de vez em quando para a revista que tinha na mão. Acordando subitamente de um sono mais profundo, reparou que o avião perdia altura rapidamente e fazia uma curva. Consultou o relógio, mas ainda faltava para chegar. Além disso, olhando pela janela, não avistou nenhum aeroporto por perto.

Por um momento, foi tomada de apreensão. O francês moreno e magro levantou-se, bocejou, esticou os braços, olhou para fora e disse algo em francês que ela não entendeu. Ericsson inclinou-se para o lado e comentou:

– Parece que estamos descendo aqui... mas por quê?

A sra. Calvin Baker virou-se para Hilary e informou:

– Estamos aterrissando.

O avião circulava cada vez mais baixo. O país que sobrevoavam parecia praticamente deserto. Não havia nenhum sinal de casas ou aldeias. As rodas tocaram o solo num solavanco. O avião prosseguiu aos saltos, reduzindo a velocidade até parar. Um pouso um tanto violento, mas, também, havia sido no meio do nada.

Será que tinha havido algum problema no motor, perguntava-se Hilary, ou teria acabado o combustível? O piloto, um rapaz de pele morena e muito bonito, abriu a porta da cabine de comando e entrou no compartimento dos passageiros.

– Por favor – disse –, vamos todos descer. – Abriu a porta traseira, desceu uma pequena escada e esperou que todos saíssem. Os passageiros formaram um pequeno grupo em terra, tremendo de frio. Fazia frio mesmo, com o forte vento que soprava das montanhas ao longe. As montanhas, notou Hilary, estavam cobertas de neve e eram de uma beleza única. O ar, apesar de gélido, era puro e inebriante. O piloto desceu também e dirigiu-se ao grupo, falando em francês:

– Estão todos aqui? Sim? Desculpem-me, mas talvez tenham que esperar alguns minutos. Ah, não, está chegando.

Apontou para um pequeno ponto no horizonte que crescia ao se aproximar. Hilary, com perplexidade na voz, perguntou:

– Mas por que descemos aqui? O que aconteceu? Quanto tempo ficaremos neste lugar?

O viajante francês disse:

– Uma camionete. Vamos.

– O motor pifou? – insistiu Hilary.

Andy Peters sorriu, de bom humor.

– Acho que não – respondeu. – O som do motor pareceu-me totalmente normal. Mas eles devem ter que mexer em alguma coisa do gênero.

Hilary encarou-o sem saber o que dizer. A sra. Calvin Baker murmurou:

– Nossa, faz frio aqui fora! Isso é o pior desse tipo de clima. Faz sol, mas esfria quando o sol começa a se pôr.

O piloto dizia algo por entre os dentes, praguejando, julgou Hilary. Algo como:

– *Toujours des retards insupportables.*

A camionete veio na direção deles com grande velocidade. O motorista berbere freou cantando pneu.

Saltou e o piloto começou a discutir com ele. Para surpresa de Hilary, a sra. Baker se intrometeu na discussão, falando francês.

– Não percam tempo – disse em tom peremptório. – O que adianta discutir? Queremos sair daqui.

O motorista encolheu os ombros e, dirigindo-se à camionete, baixou a parte de trás. Dentro dela havia uma grande caixa. Junto com o piloto e a ajuda de Ericsson e Peters, colocou a caixa no chão. Pelo esforço que fizeram, parecia ser pesada. A sra. Calvin Baker segurou o braço de Hilary e, quando o motorista começou a levantar a tampa, disse-lhe:

– Eu não olharia, querida. Não é uma visão agradável.

Levou Hilary para um pouco mais longe, para o outro lado da camionete. O francês e Peters foram junto. O francês perguntou em seu idioma:

– Que tipo de manobra é essa que eles estão fazendo?

– O senhor é o dr. Barron? – indagou a sra. Baker.

O francês curvou-se.

– Prazer em conhecê-lo – disse a sra. Baker. Esticou o braço como se fosse uma anfitriã recebendo um convidado numa festa.

Hilary falou em tom de perplexidade:

– Mas não entendo. Que caixa é essa? Por que não olhar?

Andy Peters olhou-a pensativo. Tinha um rosto simpático, pensou Hilary. Meio quadrado. Inspirava confiança. Ele disse:

– Eu sei o que é. O piloto me contou. Talvez não seja muito bonito, mas é necessário. – Acrescentou calmamente: – Há cadáveres dentro da caixa.

– Cadáveres! – exclamou ela, olhando fixo para ele.

– Não foram assassinados nem nada do gênero – sorriu de modo tranquilizador. – Foram obtidos legalmente para pesquisa... pesquisa médica.

Mas Hilary continuava a fitá-lo.

– Não entendo.

– Ah. A senhora sabe, sra. Betterton, é aqui que a viagem termina. A nossa viagem, quero dizer.

– Termina?

– Sim. Eles colocarão os corpos naquele avião e o piloto ajeitará as coisas. Logo, quando estivermos saindo de carro daqui, veremos, ao longe, as chamas de outro avião que caiu *sem deixar sobreviventes*!

– Por quê? Não faz sentido.

– Certamente a senhora sabe para onde vamos, não? – perguntou-lhe o dr. Barron.

A sra. Baker, aproximando-se, disse em tom animado:

– É claro que ela sabe. Mas talvez não esperasse que fosse tão cedo.

Hilary perguntou após uma pequena pausa de estupefação:

– Quer dizer... todos nós? – olhou em volta.

– Somos todos *camaradas* – disse Peters com voz suave.

O jovem norueguês, assentindo com a cabeça, disse com entusiasmo quase fanático.

– Sim, somos todos camaradas.

Capítulo 9

I

O piloto aproximou-se deles.

– Vocês devem partir agora – informou. – O mais rápido possível. Há muito o que fazer e já estamos atrasados.

Hilary retrocedeu por um momento. Levou a mão ao pescoço, nervosa. A gargantilha de pérolas que usava arrebentou com a pressão dos dedos. Catou as pérolas que caíram no chão e colocou-as no bolso.

Todos entraram na camionete. Hilary sentou-se num banco comprido, espremida entre Peters de um lado e a sra. Baker do outro. Virando a cabeça para a americana, Hilary perguntou:

– Então a senhora é o que poderíamos chamar de *oficial de ligação*, sra. Baker?

– Exatamente. E, modéstia à parte, sou bastante qualificada. Ninguém se surpreende de ver uma americana viajando tanto.

Ela continuava rechonchuda e sorridente, mas Hilary sentiu, ou julgou sentir, uma diferença. A ligeira fatuidade e a convencionalidade superficial haviam desaparecido. Ali estava uma mulher eficiente, provavelmente implacável.

– As manchetes serão sensacionais – disse a sra. Baker, rindo com satisfação. – Refiro-me a *você*, minha querida. Perseguida pelo infortúnio, dirão. Primeiro, quase perdeu a vida num acidente em Casablanca e depois morreu em outro desastre.

Hilary se deu conta, de repente, da engenhosidade do plano.

– E esses outros? – perguntou baixinho. – São quem dizem ser?

– Claro! O dr. Barron é bacteriologista, creio. O sr. Ericsson é um jovem e brilhante físico; o sr. Peters é um químico que trabalha com pesquisa; a srta. Needheim não é freira. É endocrinologista. Eu, como já disse, sou apenas uma oficial de ligação. Não sou da turma da ciência. – Riu de novo ao dizer: – Aquela Hetherington nunca teve a menor chance.

– A srta. Hetherington... ela era...

A sra. Baker fez que sim com a cabeça de modo enfático.

– Se quer saber, ela também a seguia. Assumiu em Casablanca o trabalho de alguém que a vigiou até lá.

– Mas não veio conosco hoje, embora eu tenha insistido.

– Não fazia parte do seu papel – explicou a sra. Baker. – Teria ficado óbvio demais voltar a Marrakesh pouco tempo depois de ter estado lá. Não, ela deve ter enviado um telegrama ou telefonado para que alguém fosse buscá-la quando chegasse. Quando chegasse! Engraçado, não? Olhe! Lá vai ela.

Eles tinham avançado rapidamente pelo deserto. Quando Hilary inclinou-se para espiar pela pequena janela, viu um grande clarão atrás deles. O ruído distante de uma explosão chegou-lhe aos ouvidos. Peters jogou a cabeça para trás e soltou uma gargalhada.

– Seis pessoas morrem na queda de um avião para Marrakesh! – disse.

Hilary falou de modo quase inaudível.

– É assustador.

– Adentrar o desconhecido? – era Peters quem falava, agora bastante sério. – Sim, mas é a única forma. Estamos deixando o passado para trás e entrando no futuro – seu rosto refletia entusiasmo. – Temos que abandonar todas as coisas ruins e loucas de antigamente. Governos corruptos e instigadores de guerra. Temos que entrar no novo mundo, o mundo da ciência, livre da escória e de todo o lixo.

Hilary respirou fundo.

– Era o que meu marido costumava dizer – falou deliberadamente.

– Seu marido? – lançou um olhar rápido para ela. – Por acaso seu marido era *Tom* Betterton?

Hilary respondeu que sim com a cabeça.

– Isso é maravilhoso. Não cheguei a conhecê-lo nos Estados Unidos, mas quase nos encontramos algumas vezes. A Fissão ZE é uma das mais brilhantes descobertas desta era... sim, tiro o meu chapéu. Ele trabalhou com o velho Mannheim, não?

– Sim – confirmou Hilary.

– Disseram-me que ele se casara com a filha de Mannheim. Mas *a senhora não é...*

– Sou sua segunda mulher – disse Hilary, enrubescendo um pouco. – Ele... sua... Elsa morreu nos Estados Unidos.

– Eu me lembro. Depois ele foi trabalhar na Inglaterra. Aí resolveu irritar todo mundo, desaparecendo – soltou uma gargalhada. – Saiu de uma conferência em Paris e sumiu. – Acrescentou, demonstrando admiração: – Não se pode dizer que eles não organizaram bem as coisas.

Hilary concordou. A excelência da organização deles dava-lhe frio na espinha. Todos os planos, códigos e sinais cuidadosamente preparados seriam inúteis agora, porque não haveria rastro a seguir. O plano havia sido arranjado de tal forma que todos naquele avião fatal eram camaradas a caminho do destino desconhecido para onde Thomas Betterton tinha ido. Não haveria nenhum vestígio deles. Nada, exceto um avião destruído, com corpos carbonizados, inclusive. Poderiam eles... será que Jessop e sua organização teriam como saber que Hilary *não* era um daqueles corpos? Difícil. O desastre tinha sido muito convincente, muito bem tramado.

Peters falou de novo, com um entusiasmo infantil na voz. Para ele, não havia receios nem arrependimentos. Apenas a ansiedade de seguir em frente.

– Estou curioso – disse – para saber aonde iremos agora.

Hilary fazia-se a mesma pergunta, porque muita coisa dependia disso. Mais cedo ou mais tarde, *teriam* que fazer contato com outros seres humanos. Mais cedo ou mais tarde, se fizessem investigações, o fato de uma camionete levar seis pessoas parecidas com os passageiros daquele avião fatídico poderia ser notado por alguém. Ela se virou para a sra. Baker e perguntou, tentando emular a animação juvenil do americano ao seu lado:

– Aonde estamos indo? O que acontecerá agora?

– Você verá – respondeu a sra. Baker com muita amabilidade na voz, o que dava um tom ameaçador às palavras.

Continuaram viajando. Atrás deles, as chamas do avião incendiado ainda se faziam notar no horizonte, onde o sol desaparecia. A noite caiu e a viagem prosseguia, aos solavancos, pois obviamente a estrada não era asfaltada. Havia trechos de trilhas e outros de campo aberto.

Durante muito tempo, Hilary ficou acordada, com pensamentos e apreensões girando em sua cabeça. Depois, sacudida e atirada de um lado para o outro, o cansaço tomou conta dela e ela adormeceu. Foi um sono agitado. Alguns sulcos e buracos da estrada a acordavam. Por alguns instantes, sentia-se perdida, sem saber onde estava. Ficava acordada um tempo, a mente confusa, até entender o que acontecia, e depois voltava a dormir, com a cabeça pendida para frente.

II

Hilary acordou quando o carro parou abruptamente. Peters sacudiu-a pelo braço, com delicadeza.

– Acorde – disse –, parece que chegamos a algum lugar.

Todos saíram da camionete. Estavam doloridos e fatigados. Ainda estava escuro, mas dava para ver que tinham parado perto de uma casa cercada de palmeiras. Um pouco mais ao longe, viam-se algumas luzes fracas, como as de uma aldeia. Guiados por uma lanterna, foram conduzidos para a casa. Era uma casa típica da região, onde encontraram duas mulheres berberes, rindo e olhando com curiosidade para Hilary e a sra. Calvin Baker. Não deram a menor atenção à freira.

As três mulheres foram levadas a um pequeno quarto no andar de cima. Havia três colchões no chão e algumas cobertas amontoadas, mas nenhum móvel.

– Estou moída – disse a sra. Baker. – Viajar assim como viajamos acaba dando câimbra.

– O desconforto não importa – disse a freira.

Falava com voz severa e gutural, demonstrando segurança. Seu inglês, observou Hilary, era bom e fluente, mas com forte sotaque.

– A senhora está representando bem o seu papel, srta. Needheim – disse a americana. – Consigo vê-la no convento, ajoelhada sobre pedras às quatro da manhã.

A srta. Needheim sorriu com desdém.

– O cristianismo estupidificou as mulheres – disse ela. – Tanta adoração da fraqueza, tanta humilhação! As mulheres pagãs eram fortes. Tinham alegria e disposição.

E para conquistar o que se quer não há desconforto insuportável. Nenhum sofrimento é demasiado.

– Neste momento – disse a sra. Baker, bocejando –, gostaria de estar na minha cama, no Palais Djamai em Fez. O que me diz, sra. Betterton? Aposto que todas essas sacudidas não fizeram nada bem para a sua concussão.

– Não mesmo – confirmou Hilary.

– Já vão trazer alguma coisa para comer, e então lhe dou uma aspirina. É bom dormir logo.

Ouviram-se passos subindo a escada e risinhos femininos. Logo depois, as duas mulheres berberes entraram no quarto. Traziam uma bandeja com creme de semolina e carne cozida. Colocaram a comida no chão, voltaram com uma bacia de metal com água e uma toalha. Uma delas tocou no casaco de Hilary, examinando o tecido, e falou com a outra, que concordou rapidamente com a cabeça. Fizeram o mesmo com a sra. Baker. Não deram atenção à freira.

– Xô – fez a sra. Baker, expulsando-as. – Xô, fora.

Era exatamente como enxotar galinhas. As mulheres recuaram, sempre rindo, e saíram do quarto.

– Criaturas tolas – disse a sra. Baker. – Não dá para ter paciência com elas. Acho que os únicos interesses que têm na vida são crianças e roupa.

– Só servem para isso – disse a srta. Needheim. – Fazem parte de uma raça de escravos. Sua única função é servir seus superiores, nada mais.

– A senhora não está sendo um pouco dura? – perguntou Hilary, irritada com a atitude da mulher.

– Não tenho paciência para sentimentalismo. Há poucos feitos para mandar e multidões feitas para obedecer.

– Mas, com certeza...

A sra. Baker interrompeu em tom autoritário.

– Todo mundo tem sua opinião sobre esses assuntos – disse –, e opiniões até muito interessantes. Mas este não é o momento para expressá-las. Precisamos descansar o máximo possível.

O chá de hortelã chegou. Hilary tomou alguns comprimidos de aspirina, porque a dor de cabeça que sentia não era brincadeira. Depois, as três mulheres deitaram-se nos colchões e adormeceram.

Dormiram até tarde no dia seguinte. A sra. Baker informou que não sairiam antes de anoitecer. Do lado de fora do quarto em que dormiram havia uma escada que dava num telhado plano, de onde se podia ver os arredores. Perto dali havia uma aldeia, mas a casa em que estavam ficava isolada num grande jardim de palmeiras. Quando acordaram, a sra. Baker mostrou três montinhos de roupa que foram colocados junto à porta.

– Vamos vestidas como nativas na próxima etapa – explicou. – Deixaremos nossas roupas aqui.

Portanto, o costume elegante da pequena e inteligente americana, a saia e o casaco de tweed de Hilary e o hábito da freira foram postos de lado, e a cena que se via eram três mulheres com vestimenta marroquina sentadas no telhado da casa, conversando. Uma situação curiosamente irreal.

Hilary pôde estudar a srta. Needheim mais de perto, agora que ela havia abandonado a anonimidade do hábito de freira. Era uma mulher mais nova do que Hilary pensara, de não mais que 33, 34 anos. Sua aparência revelava asseio e cuidado. A pele pálida, os dedos curtos e grossos e os olhos frios que, por momentos, deixavam transparecer o brilho do fanatismo repeliam em vez de atrair. Falava de maneira brusca e intransigente. Demonstrava certo desprezo em relação a sra. Baker e Hilary, como se fossem pessoas indignas de associar-se a ela. Hilary achava essa arrogância muito irritante.

A sra. Baker, por outro lado, mal parecia notá-la. De modo curioso, Hilary sentia mais identificação com as duas mulheres berberes sorridentes que lhe trouxeram comida do que com as duas companheiras do mundo ocidental. A jovem alemã mostrava-se totalmente indiferente à impressão que criava. Denotava impaciência e era evidente que estava ansiosa para prosseguir viagem, sem dar a mínima para as duas companheiras.

Julgar a atitude da sra. Baker era muito mais difícil para Hilary. À primeira vista, parecia uma pessoa normal, comparada à desumanidade da especialista alemã. No entanto, com o passar do tempo, sentia mais repulsão pela sra. Baker do que por Helga Needheim. A conduta social da sra. Baker era de uma perfeição quase robótica. Todos os seus comentários e observações eram naturais, mas davam a impressão de que provinham de uma atriz representando seu papel pela septingentésima vez. Uma atuação automática, completamente dissociada do que a sra. Baker deveria estar realmente pensando ou sentindo. Quem seria a sra. Calvin Baker? Hilary se perguntava. Como teria chegado a representar seu papel com a perfeição de uma máquina? Seria ela também uma fanática? Sonharia com um mundo novo e melhor? Rebelava-se contra o sistema capitalista? Teria abandonado a vida normal por conta de suas convicções e aspirações políticas? Impossível dizer.

Retomaram a viagem naquela noite, não mais na camionete, mas num carro de turismo, aberto. Todos estavam vestidos à moda da região, os homens de galabias brancas e as mulheres com o rosto coberto. Espremidos no carro, continuaram a viajar durante toda a noite.

– Como está se sentindo, sra. Betterton?

Hilary sorriu para Andy Peters. O sol acabara de nascer, e eles haviam parado para tomar café da manhã: pão árabe, ovos e chá preparado sobre um fogareiro.

– Sinto como se estivesse num sonho – respondeu Hilary.

– Sim, parece um sonho mesmo.

– Onde estamos?

Ele encolheu os ombros.

– Vai saber! A sra. Calvin Baker sabe, com certeza, mas só ela.

– É um país bastante isolado.

– Sim, praticamente deserto. Mas é assim que tinha que ser, não?

– Quer dizer, para não deixar vestígios?

– Sim. Vemos que tudo foi muito bem planejado, concorda? Cada etapa de nossa viagem é, por assim dizer, independente uma da outra. Um avião pega fogo. Uma velha camionete viaja durante a noite. Se alguém reparar, a placa indica que ela pertence a uma expedição arqueológica fazendo escavações na região. No dia seguinte, há um carro aberto cheio de berberes, uma das situações mais normais por aqui. Para a próxima etapa – deu de ombros –, vai saber!

– Mas para onde estamos indo?

Andy Peters sacudiu a cabeça.

– Inútil perguntar. Descobriremos.

O francês, dr. Barron, juntou-se a eles.

– Sim – disse –, descobriremos. Mas a verdade é que não temos como não perguntar. Está no nosso sangue ocidental. Nunca diremos "por hoje basta". Queremos sempre saber o futuro. Deixar o passado para trás e encarar o futuro. Precisamos disso.

– O senhor quer apressar o mundo, não, doutor? – perguntou Peters.

– Há tanto a realizar – disse o dr. Barron –, a vida é curta demais. Precisamos de mais tempo. Mais tempo, mais tempo – abriu os braços num gesto impetuoso.

Peters dirigiu-se a Hilary.

– Quais são as quatro liberdades mencionadas no seu país? Liberdade do desejo, liberdade do medo...

O francês interrompeu.

– Liberdade dos idiotas – disse amargamente. – É isso que *eu* quero! É disso que meu trabalho precisa. Liberdade dos constantes embustes econômicos! Liberdade das irritantes restrições que atrasam nosso trabalho!

– O senhor é bacteriologista, não é, dr. Barron?

– Sim, sou bacteriologista. Você não faz ideia, meu amigo, de como é fascinante esse estudo! Mas requer paciência, muita paciência, muita experimentação... e *dinheiro*... uma dinheirama! Precisamos de equipamentos, assistentes, matéria-prima! Se tivermos tudo o que pedimos, não haverá nada que não possamos alcançar.

– Até a felicidade? – perguntou Hilary.

Ele abriu um sorriso rápido, tornando-se humano novamente.

– A senhora é mulher. As mulheres sempre querem felicidade.

– E raramente a alcançam? – perguntou Hilary.

Ele encolheu os ombros.

– Talvez seja assim.

– A felicidade individual não importa – disse Peters sério. – Temos que pensar na felicidade de *todos*, na fraternidade do espírito! Os trabalhadores, livres e unidos, donos dos meios de produção, livres dos mercadores de guerra, dos homens gananciosos, insaciáveis, que têm tudo em suas mãos. A ciência é para *todos* e não deve ser propriedade exclusiva de um ou outro poder.

– Isso! – exclamou Ericsson, concordando. – Está certo. Os cientistas devem ser os senhores. Devem controlar e governar. Somente eles são os super-homens. Só os super-homens importam. Os escravos devem ser bem tratados, mas *são* escravos.

Hilary afastou-se um pouco do grupo. Um ou dois minutos depois, Peters seguiu-a.

– A senhora parece um tanto assustada – disse amavelmente.

– Acho que estou mesmo – soltou um riso curto, desalentado. – É claro que o que o dr. Barron disse era verdade. Sou apenas uma mulher. Não sou cientista, bacteriologista, não faço pesquisa nem cirurgia. Não me considero inteligente. Como disse o dr. Barron, estou atrás da felicidade... como qualquer outra mulher tola.

– E o que há de errado nisso? – perguntou Peters.

– Bem, talvez me sinta meio deslocada nesse grupo. Sou apenas uma mulher que quer ir para junto de seu marido.

– Ótimo – disse Peters. – A senhora representa o fundamental.

– Muito gentil de sua parte colocar as coisas dessa maneira.

– Mas é verdade. – Acrescentou em voz mais baixa: – A senhora gosta muito de seu marido?

– Estaria aqui se não gostasse?

– Tem razão. A senhora tem as mesmas opiniões que ele? Suponho que ele seja comunista, não?

Hilary evitou dar uma resposta direta.

– Falando em ser comunista – disse –, não notou nada de curioso em nosso pequeno grupo?

– Como o quê?

– Apesar de estarmos indo todos para o mesmo destino, as opiniões de nossos camaradas não parecem muito afins.

Peters disse pensativo:

– É verdade. A senhora reparou bem. Não tinha pensado desse ângulo... mas acho que tem razão.

– Não creio – continuou Hilary – que o dr. Barron tenha algum interesse pela política! Ele quer dinheiro para suas experiências. Helga Needheim fala como uma fascista, não uma comunista. E Ericsson...

– O que tem Ericsson?

– Ele me dá medo... tem uma espécie de pertinácia ameaçadora. Parece um desses cientistas malucos que vemos nos filmes!

– E eu acredito na irmandade entre os homens. A senhora é uma esposa dedicada. E a sra. Calvin Baker... Em que categoria entra?

– Não sei. Ela é a mais difícil de classificar.

– Eu não diria isso. Acho fácil.

– Como assim?

– Só quer saber de dinheiro. É apenas uma engrenagem bem paga de uma máquina.

– Ela também me dá medo – disse Hilary.

– Por quê? Não vejo nenhuma motivo para ter medo dela. Ela não tem nada de cientista maluco.

– Ela me dá medo por ser tão comum. Como todo mundo. E, no entanto, está envolvida com tudo isso.

Peters disse em tom sério:

– O Partido é realista. Utiliza o melhor homem, ou mulher, para cada tarefa.

– Mas alguém que só quer saber de dinheiro pode ser a melhor pessoa para uma tarefa? Não poderia ela desertar para o outro lado?

– Seria um grande risco – disse Peters calmamente. – A sra. Calvin Baker é uma mulher inteligente. Não acho que estaria disposta a correr esse risco.

Hilary sentiu um calafrio repentino.

– Está com frio?

– Sim, um pouco.

– Vamos dar uma caminhada.

Andaram de um lado para o outro. Quando caminhavam, Peters parou e pegou alguma coisa.

– Aqui. A senhora está deixando cair coisas.

Hilary apanhou o objeto da mão dele.

– Ah, sim, é uma pérola da minha gargantilha que arrebentou outro dia. Ou melhor, ontem. Parece que foi há tanto tempo!

– Espero que não sejam pérolas verdadeiras.

Hilary sorriu.

– Não, é claro que não. É bijuteria.

Peters tirou uma cigarreira do bolso.

– Bijuteria – repetiu. – Que palavra engraçada!

Ofereceu-lhe um cigarro.

– Parece ridículo... aqui. – Aceitou o cigarro. – Que cigarreira estranha. E como é pesada!

– É feita de chumbo. Por isso. Uma lembrança de guerra... feita com um pedaço de uma bomba que quase me matou.

– Então o senhor esteve na guerra?

– Eu era um dos especialistas que mexiam nas coisas para ver se elas explodiam. Mas não falemos de guerra. Falemos do que acontecerá amanhã.

– Para onde estamos indo? – perguntou Hilary. – Ninguém me falou nada. Estamos indo...

Ele a interrompeu.

– Especulações – disse –, não adianta especular. Vamos para onde nos mandam e fazemos o que nos dizem.

Com repentino entusiasmo, Hilary perguntou:

– O senhor gosta de ser coagido, de ser mandado, de não ter opinião própria?

– Estou preparado para aceitar isso, se for necessário. E é necessário. Precisamos alcançar a Paz Mundial, a Disciplina Mundial e a Ordem Mundial.

– É possível alcançar tudo isso?

– Qualquer coisa é melhor do que a baderna em que vivemos. Não concorda?

Por um momento, levada pelo cansaço, pela solidão que a cercava e pela estranha beleza do amanhecer, Hilary quase explodiu em negação.

Queria dizer:

– Por que despreza o mundo em que vivemos? Existem pessoas boas no mundo. Não será a baderna um terreno mais fértil à bondade e ao individualismo do que uma ordem mundial imposta, uma ordem que pode estar certa hoje e errada amanhã? Prefiro um mundo de seres humanos com defeitos, mas bondosos a um mundo de robôs superiores, que esqueceram o que é piedade, compreensão e solidariedade.

Mas ela se conteve a tempo. Em vez disso, falou, com entusiasmo forçado:

– O senhor tem razão. Eu estava cansada. Devemos obedecer e seguir adiante.

Ele sorriu.

– Assim é que se fala.

Capítulo 10

Cada dia mais, a viagem parecia um sonho. Era como se Hilary estivesse viajando a vida inteira com aqueles cinco companheiros tão diferentes entre si. Haviam deixado os lugares conhecidos para entrar no vazio. De certo modo, a jornada que empreendiam não podia ser chamada de fuga. Eram todos, assim supunha, pessoas livres. Livres para ir aonde quisessem. Até onde sabia, não haviam cometido nenhum crime, não eram procurados pela polícia. No entanto, grandes precauções haviam sido tomadas para não deixar vestígios. Às vezes se perguntava por quê, já que não eram fugitivos. Era como se estivessem sendo submetidos a um processo para se transformarem em outras pessoas.

No seu caso específico, essa era a pura verdade. Ela havia deixado a Inglaterra como Hilary Craven e então se transformado em Olive Betterton. Talvez sua estranha sensação de irrealidade tivesse a ver com isso. A cada dia, as promessas e os slogans políticos vinham-lhe aos lábios com mais facilidade. Ela sentia que ficava cada vez mais firme e decidida e atribuía isso à influência de seus companheiros.

Sabia agora que tinha medo deles. Jamais convivera tão perto de gênios. Agora estava cara a cara com eles, e os gênios, sendo algo acima do normal, causavam uma grande tensão em pessoas comuns. Os cinco eram diferentes uns dos outros, mas todos tinham essa curiosa característica de intensidade ardente, de uma aterradora fixidez de propósito. Ela não sabia se isso era devido a uma estrutura cerebral ou a uma maneira de ver as coisas, à intensidade. Mas cada um deles, pensou ela, era, a seu modo, um idealista apaixonado. Para o dr. Barron, a vida era um desejo arrebatado de voltar a seu laboratório, fazer suas experiências e trabalhar com recursos financeiros e técnicos ilimitados. Trabalhar com que objetivo? Duvidava que ele já tivesse se perguntado isso algum dia. Certa vez, ele lhe falou do poder de destruição que poderia lançar sobre um vasto continente e que caberia dentro de um pequeno frasco. Ela lhe perguntou:

– Mas o senhor seria capaz de fazer isso para valer?

E ele respondeu, olhando-a com alguma surpresa:

– Sim, é claro, se fosse necessário.

Falou com a maior naturalidade e continuou:

– Seria muito interessante ver o curso exato, o progresso exato. – E acrescentou com um suspiro: – Há tanta coisa mais a saber, tanta coisa a descobrir.

Por um momento, Hilary compreendeu. Por um instante conseguiu se colocar no lugar dele, impregnada com aquela sede de conhecimento que, em essência, ignorava a vida de milhões de seres humanos. Era um ponto de vista que, de certa forma, não podia ser considerado ignóbil. Em relação a Helga Needheim, sentia mais antagonismo. A soberba arrogância da jovem a revoltava. Gostava de Peters, mas de vez em quando sentia repulsa e medo do brilho fanático que lhe vinha aos olhos de repente. Certa vez ela lhe disse:

– O que você quer não é criar um mundo novo, mas destruir o antigo.

– Você está enganada, Olive. Que ideia!

– Não estou enganada, não. Existe ódio em você. Dá para ver. Ódio. O desejo de destruir.

Ericsson era o mais enigmático de todos. Era um sonhador, menos prático do que o francês, pensava Hilary, sem o desejo de destruição do americano. Tinha o estranho idealismo fanático dos escandinavos.

– Precisamos conquistar o mundo – disse. – Depois nós podemos governar.

– Nós? – perguntou Hilary.

Ele assentiu com a cabeça, o rosto estranho e amável, com uma enganadora delicadeza no olhar.

– Sim – respondeu. – Nós, os poucos que realmente fazem a diferença. Os cérebros. Só isso importa.

Hilary pensou: para onde estamos indo? Aonde tudo isso levará? Essas pessoas estão loucas, mas a loucura é diferente em cada caso. É como se cada um tivesse um objetivo próprio e perseguisse uma miragem diferente. Sim, essa era a palavra: *miragem.* Voltou-se, então, para a sra. Calvin Baker. Nela não havia fanatismo, ódio, sonho, arrogância, aspiração. Não havia nada que Hilary pudesse descobrir ou notar. Era uma mulher, pensou, sem coração ou consciência. Era um instrumento eficiente nas mãos de uma grande força desconhecida.

Terminava o terceiro dia. Chegaram a uma pequena cidade e instalaram-se num pequeno hotel marroquino. Naquele ponto, Hilary ficou sabendo, deveriam voltar a vestir roupas europeias. Dormiu aquela noite num pequeno quarto caiado e vazio, parecido com uma cela. Logo que amanheceu, a sra. Baker a despertou.

– Estamos indo agora – disse. – O avião está esperando.

– Avião?

– Sim, querida. Graças a Deus voltaremos a viajar de forma civilizada.

Chegaram ao aeroporto após uma hora de viagem de carro. O lugar parecia um campo militar abandonado. O piloto era francês. Voaram durante algumas horas sobre as montanhas. Olhando para baixo, Hilary observou como o mundo era curiosamente uniforme quando visto de cima. Montanhas, vales, estradas, casas. A não ser para um aviador experiente, todos os lugares eram parecidos. A única diferença visível era a densidade demográfica de alguns pontos. E, além disso, as nuvens encobriam grande parte da paisagem.

No início da tarde, começaram a descer. Estavam ainda sobre terreno montanhoso, mas desciam numa planície. Era possível ver claramente a pista de aterrissagem e um edifício branco ao lado. O pouso foi perfeito.

A sra. Baker foi na frente em direção ao edifício, onde encontraram dois automóveis possantes com seus motoristas. Tratava-se, evidentemente, de um aeroporto particular, pois não havia funcionários para recebê-los.

– Fim da jornada – disse a sra. Baker com alegria. – Vamos todos entrar, lavar as mãos e nos preparar. Os carros estão à nossa espera.

– Fim da jornada? – Hilary perguntou, olhando para ela. – Mas nem atravessamos o oceano!

– Pensava que atravessaríamos? – a sra. Baker achou graça.

Hilary respondeu confusa:

– Sim, pensava. Achei que... – parou.

A sra. Baker fez que entendia com a cabeça.

– Muita gente acha. Diz-se muita besteira a respeito da Cortina de Ferro, mas pode haver uma cortina de ferro em qualquer lugar. As pessoas não pensam nisso.

Dois criados árabes vieram recebê-los. Depois de lavar as mãos e de se recompor, sentaram-se para tomar um café e comer alguma coisa.

A sra. Baker olhou para o relógio.

– Bem, até logo, amigos – disse. – Aqui me despeço de vocês.

– Vai voltar para o Marrocos? – perguntou Hilary com surpresa.

– Não seria muito lógico – respondeu a sra. Calvin Baker –, partindo do princípio de que morri queimada num desastre de avião! Não, tomarei outro rumo.

– Mas alguém poderá reconhecê-la mesmo assim – disse Hilary. – Digo, alguém que já a tenha visto nos hotéis em Casablanca ou Fez.

– Ah – exclamou a sra. Baker –, mas seria um engano. Estou com um novo passaporte agora. Acontece que uma irmã minha, sra. Calvin Baker, perdeu a vida dessa maneira. Minha irmã e eu somos muito parecidas. – Acrescentou: – Para as pessoas que encontramos por acaso nos hotéis, as turistas americanas são todas iguais.

Sim, pensou Hilary, era verdade. Todas as características externas e sem importância evidenciavam-se na sra. Baker. O asseio, o cuidado na maneira de vestir, o cabelo azulado arrumadinho, a voz monótona, a tagarelice. As características internas, observou, estavam mascaradas ou talvez ausentes. A sra. Calvin Baker apresentava ao mundo e a seus companheiros uma fachada, mas o que escondia por trás não era fácil perceber. Era como se ela tivesse apagado de propósito os traços de individualidade pelos quais uma pessoa se distingue da outra.

Hilary sentiu vontade de dizer o que pensava. Ela e a sra. Baker estavam um pouco afastadas do resto.

– Não se sabe nada a respeito da senhora – disse Hilary.

– E por que você deveria saber?

– Boa pergunta. Por quê? Não sei. Sinto que deveria. Temos viajado juntas num contexto de bastante intimidade e acho estranho não saber nada a seu respeito. Nada, veja bem, de sua essência, de como a senhora sente e pensa, do que a senhora gosta ou deixa de gostar, do que julga importante ou não.

– Você pensa demais, minha querida – disse a sra. Baker. – Se eu fosse você, tentaria controlar isso.

– Não sei sequer de que parte dos Estados Unidos a senhora é.

– Isso também não importa. Não tenho mais relação com o meu país. Existem motivos para que eu nunca mais volte lá. Se tiver a chance de me vingar, eu o farei com prazer.

Por um instante, sua expressão facial e seu tom de voz revelaram maldade. Depois, ela readquiriu aquele clima alegre de turista.

– Bem, até mais, sra. Betterton. Espero que tenha um agradável encontro com seu marido.

Hilary não se conteve:

– Não sei nem onde estou, em que parte do mundo.

– Ora, isso é fácil. Agora já não há mais razão para segredos. Estamos num ponto remoto do Alto Atlas. Por aí...

A sra. Baker afastou-se e começou a despedir-se dos outros. Com um alegre aceno de mão, dirigiu-se para a pista. O avião havia sido reabastecido, e o piloto a esperava em pé. Hilary sentiu um ligeiro calafrio. Lá se ia seu último elo de ligação com o mundo externo. Peters, ao lado, pareceu perceber sua reação.

– Agora não tem mais volta – disse com calma.

O dr. Barron perguntou de modo tranquilo:

– A senhora ainda tem coragem ou gostaria de correr atrás de sua amiga americana, entrar com ela no avião e voltar... para o mundo que abandonou?

– Poderia fazer isso se quisesse? – indagou Hilary.

O francês encolheu os ombros.

– Quem sabe.

– Quer que a chame? – perguntou Andy Peters.

– É claro que não – respondeu Hilary ríspida.

Helga Needheim disse em tom zombeteiro:

– Aqui não tem lugar para mulheres fracas.

– Ela não é fraca – falou o dr. Barron sem se alterar –, mas questiona coisas que qualquer mulher inteligente questionaria – enfatizou a palavra "inteligente" como se fizesse uma comparação com a alemã. Esta, contudo, não pareceu se abalar. Desprezava todos os franceses e tinha segurança em relação ao seu próprio valor. Ericsson falou com sua voz alta e nervosa:

– Quando alcançamos finalmente a liberdade, como podemos pensar em voltar?

Hilary objetou a colocação:

– Mas se não for possível voltar ou não tivermos essa opção, não somos livres!

Um dos criados apareceu e disse:

– Por favor, os carros já estão prontos para partir.

Saíram pela porta do outro lado do edifício. Encontraram dois Cadillacs, com motoristas uniformizados. Hilary disse que preferia viajar no banco da frente, ao lado do motorista. Explicou que os balanços de uma carro grande às vezes lhe causavam enjoo. A explicação pareceu ser aceita por todos. Enquanto viajavam, Hilary puxou conversa em alguns momentos. Falou sobre o tempo, sobre o excelente automóvel. Seu francês era bastante fluente, e o motorista respondia com delicadeza e absoluta naturalidade.

– Quanto tempo demorará? – perguntou Hilary.

– Do aeroporto ao hospital? É uma viagem de mais ou menos duas horas, madame.

Aquelas palavras causaram a Hilary uma surpresa um tanto desagradável. Havia reparado, sem pensar muito no assunto, que Helga Needheim trocara de roupa na última parada e agora vestia um uniforme de enfermeira. Fazia sentido.

– Fale um pouco sobre o hospital – pediu ao motorista.

Ele respondeu com entusiasmo:

– Ah, madame, é magnífico. O equipamento é o mais moderno do mundo. Muitos médicos vêm visitá-lo e todos saem cheios de elogios. É um trabalho maravilhoso que está sendo feito para toda a humanidade.

– Deve ser – disse Hilary. – Com certeza.

– Os pobres miseráveis – continuou o motorista – antigamente eram mandados para morrer numa ilha deserta. Com o novo tratamento do dr. Kolini, grande parte tem conseguido se curar. Mesmo os que estão muito mal.

– Parece um lugar isolado para um hospital – comentou Hilary.

– Ah, madame, mas teria que ser isolado mesmo nessas circunstâncias. As autoridades exigiriam. Mas o ar aqui é bom, é maravilhoso. Olhe, madame, já podemos ver aonde estamos indo – apontou.

Eles se aproximavam dos primeiros contrafortes de uma cordilheira. Ao lado, bem próximo ao morro, havia um longo edifício branco.

– Foi uma grande realização – disse o motorista – construir um edifício desse porte aqui neste lugar. Devem ter gastado rios de dinheiro. Devemos muito, madame, aos filantropos ricos deste mundo. Eles não são como os governos, que sempre procuram economizar. Aqui, gastaram para valer. Dizem que nosso patrono é um dos homens mais ricos do mundo. Sem dúvida, realizou uma obra magnífica para aliviar o sofrimento humano.

O carro subiu uma pista tortuosa e finalmente parou diante de um enorme portão de ferro.

– A senhora deve descer aqui, madame – disse o motorista. – Não posso entrar com o carro. As garagens ficam a um quilômetro de distância.

Os viajantes saltaram do carro. Havia um grande sino no portão, mas, antes que o tocassem, o portão abriu lentamente. Um negro com túnica branca e rosto sorridente curvou-se e fez um gesto para que entrassem. Atravessaram o portão. De um lado, atrás de uma alta cerca de arame, via-se um grande pátio, cheio de homens andando em todas as direções. Quando eles se viraram para ver quem chegava, Hilary ficou horrorizada.

– Mas eles são *leprosos*! – exclamou. – Leprosos!

Um arrepio de pavor percorreu-lhe o corpo inteiro.

Capítulo 11

Os portões da colônia de leprosos fecharam-se atrás deles com um ruído metálico. O som repercutiu na mente assustada de Hilary como um prenúncio de fim. Parecia dizer: *Abandonai toda a esperança, vós que entrais aqui...* Era o fim, pensava Hilary, realmente o fim. Qualquer forma de retirada que houvesse estava agora cortada.

Encontrava-se só entre inimigos e, dentro de alguns minutos, seria desmascarada e teria fracassado. Subconscientemente, pensou, a inevitabilidade do fracasso estivera presente o dia inteiro, mas o otimismo invencível do espírito humano e a convicção de que aquela *entidade* em si não poderia jamais deixar de existir tinham impedido que ela encarasse os fatos. Perguntara a Jessop em Casablanca: "E quando eu encontrar Tom Betterton?". Ele respondeu, com ar sério, que o perigo então se intensificaria. Acrescentara que tinha esperança de poder protegê-la nesse momento, mas tal esperança, Hilary via, não se concretizara.

Se a "srta. Hetherington" era o agente em que Jessop confiava, a "srta. Hetherington" havia sido iludida e obrigada a confessar seu fracasso em Marrakesh. Mas, de qualquer maneira, o que ela poderia ter feito?

O grupo de viajantes chegara ao fim da linha. Hilary jogara contra a morte e perdera. Sabia agora que o diagnóstico de Jessop estava certo. Não queria mais morrer. Queria viver. O entusiasmo pela vida tinha voltado com força total. Podia pensar em Nigel, no túmulo de Brenda, aquele pequeno montinho de terra, com saudade e tristeza, mas já não com o frio desespero que a levara a procurar o esquecimento na morte. "Estou viva de novo, sã, inteira...", pensou. "E agora estou presa, como um rato numa ratoeira. Se ao menos houvesse uma saída..."

Não é que não tivesse pensado no problema. Mas parecia-lhe, embora fosse difícil admitir, que, uma vez frente a frente com Betterton, não *haveria* escapatória...

Betterton diria: "Mas essa não é minha mulher!", e aí seria o fim! Olhariam para ela... perceberiam... uma espiã entre eles...

Que outra solução poderia haver? Supondo que ela falasse primeiro, que gritasse antes de Tom Betterton conseguir dizer qualquer coisa: "Quem é você? *Você* não é meu marido!". Se pudesse simular indignação, choque, horror, com bastante perfeição... não poderia isso levantar alguma dúvida? Dúvida se Betterton era realmente Betterton ou algum outro cientista enviado para representar seu papel. Um espião, em outras palavras. Se acreditassem nisso, as consequências seriam duras para Betterton! Porém, pensou ela com a cabeça cansada, girando, se Betterton fosse um traidor, um homem capaz de vender segredos de Estado, haveria punição realmente dura para ele? Como era difícil, pensava Hilary, fazer qualquer avaliação de lealdade, ou mesmo qualquer julgamento de pessoas ou fatos... De qualquer maneira, não custava nada tentar... criar uma dúvida.

Ainda meio tonta, conseguiu voltar à realidade ao seu redor. Os pensamentos haviam corrido em seu cérebro com a violência frenética de um rato preso numa ratoeira. Contudo, durante esse tempo, a corrente de consciência da superfície desempenhara o papel que lhe cabia.

O pequeno grupo que chegava do mundo exterior havia sido recebido por um sujeito alto e atraente... um poliglota, pelo visto, pois falara com cada pessoa em seu próprio idioma.

– *Enchanté de faire votre connaissance, mon cher docteur* – disse ao dr. Barron e depois, virando-se para Hilary:

– Sra. Betterton, é um prazer recebê-la aqui. Receio que tenha sido uma viagem longa e cansativa. Seu marido está muito bem e, naturalmente, ansioso pela sua chegada.

Ela sorriu discretamente. Notou que o sorriso não atingira os olhos claros e frios dele.

– A senhora – acrescentou ele – também deve estar ansiosa para vê-lo.

A tontura aumentou... sentia o grupo à sua volta afastando-se e aproximando-se, como as ondas do mar. Andy Peters, que estava ao seu lado, esticou o braço para segurá-la.

– Imagino que o senhor não saiba – disse ele ao anfitrião. – A sra. Betterton sofreu um grave acidente em Casablanca... uma concussão. A viagem não lhe fez bem. Sem falar da ansiedade de encontrar o marido. Acho melhor ela descansar um pouco agora num quarto com a cortina fechada.

Hilary sentiu a bondade da voz e do braço que a sustentava. As pernas fraquejaram. Seria fácil, tão fácil, deixar-se cair de joelhos, tombar ao chão, como um saco flácido... fingir que perdia os sentidos ou que estava a ponto de desmaiar. Ser carregada para uma cama num quarto às escuras... para adiar um pouco o momento em que seria desmascarada... Mas Betterton viria até o quarto... qualquer marido faria isso. Viria e se inclinaria sobre a cama. Ao primeiro sussurro de sua voz ou assim que os olhos dele se acostumassem à penumbra e ele visse seu rosto, saberia que ela não era Olive Betterton.

Hilary retomou a coragem. Endireitou-se. A cor voltou-lhe às faces. Levantou a cabeça.

Se o fim está próximo, vamos enfrentá-lo com valentia! Iria até Betterton e, quando ele a repudiasse, lançaria mão da última mentira. Diria de modo confiante e sem medo:

"Não, é claro que não sou sua mulher. Sua mulher... eu sinto muito, é terrível... sua mulher morreu. Eu estava no hospital com ela quando aconteceu. Prometi-lhe que o encontraria para dar seus últimos recados. Eu me dispus a isso. Estou de acordo com o que o senhor fez, com o que todos vocês estão fazendo. Concordo com vocês politicamente. Quero ajudar..."

Tudo muito vago... E os detalhes difíceis de explicar... o passaporte falso... a carta de crédito forjada. Sim, mas às vezes as pessoas acreditam nas mentiras mais escabrosas... se mentirmos com suficiente audácia... se soubermos convencer os outros. O mínimo que podia fazer era perder lutando.

Ergueu o corpo, dispensando delicadamente a ajuda de Peters.

– Ah, não. Preciso ver o Tom – disse. – Preciso vê-lo... agora... imediatamente... por favor.

O homem alto concordou, parecendo ser receptivo (embora os olhos claros e frios permanecessem alertas).

– É claro, sra. Betterton. Entendo bem como a senhora está se sentindo. Ah, esta é a srta. Jennson.

Uma moça magra, de óculos, juntou-se a eles.

– Srta. Jennson, apresento-lhe a sra. Betterton, a srta. Needheim, o dr. Barron, o sr. Peters e o dr. Ericsson. Poderia levá-los à seção de registro? Ofereça-lhes algo para beber. Estarei com vocês em alguns minutos. Levarei a sra. Betterton ao encontro do marido. Já estarei com vocês.

Virou-se para Hilary e disse:

– Queira acompanhar-me, sra. Betterton.

Ele foi na frente e ela o seguiu. Numa curva do corredor, ela deu uma última olhada por cima dos ombros. Andy Peters ainda a olhava, meio sem jeito e infeliz... Por um instante, Hilary achou que ele a acompanharia. Ele deve ter chegado à conclusão, pensou, de que havia algo errado, percebido alguma coisa *nela*, sem saber o quê.

Pensou, estremecendo ligeiramente: "Talvez seja a última vez que o veja...". E assim, antes de virar no corredor atrás do guia, ergueu a mão e acenou um adeus...

O homem alto falava alegre.

– Por aqui, sra. Betterton. No início, a senhora talvez ache nosso edifício meio confuso, tantos corredores parecidos.

Como um sonho, pensou Hilary, um sonho de corredores brancos, limpos, que se percorrem para sempre, virando, seguindo em frente, sem jamais encontrar a saída...

Disse:

– Não imaginei que seria um hospital.

– É evidente que não. A senhora não podia saber de nada, não é?

Havia certa alegria sádica em sua voz.

– A senhora teve de fazer o que chamam de "voo cego". Meu nome é Van Heidem, a propósito. Paul Van Heidem.

– É tudo muito estranho... e assustador – disse Hilary. – Os leprosos...

– Sim, sim, eu entendo. Pitoresco... e geralmente bastante inusitado. Assusta mesmo a quem chega. Mas a senhora se acostumará com eles... com o tempo, se acostumará.

Deu uma pequena risada.

– Uma ótima piada na minha opinião.

Parou de repente.

– Falta um lance de escada... sem pressa. Devagar. Estamos quase chegando.

Quase chegando... quase chegando... a alguns degraus da morte... subindo... subindo... degraus altos, mais altos que os europeus. E agora outro corredor esterilizado. Van Heidem parou em frente a uma porta. Bateu, esperou e depois abriu-a.

– Betterton, aqui estamos finalmente. Sua mulher!

Afastou-se com um gesto para ela entrar.

Hilary entrou no quarto. Sem hesitar, sem temer. Cabeça erguida. Em direção ao cruel destino.

Um homem estava em pé ao lado da janela, um sujeito extraordinariamente belo. Sua beleza, de certa forma, a impressionou. Não era assim que imaginara Tom Betterton. Com certeza, a fotografia que vira dele não representava nem um pouco...

Foi esse sentimento confuso de surpresa que a fez tomar uma decisão. Arriscaria tudo, numa investida desesperada.

Esboçou um rápido movimento para frente e depois recuou. Sua voz soou assustada, apavorada...

– Mas... esse não é Tom. Esse não é o meu marido... – sentiu que havia falado bem. De maneira dramática, mas sem exagerar. Seus olhos encararam Van Heidem numa interrogação sem resposta.

E, então, Tom Betterton riu. Um riso calmo, bem-humorado, quase de triunfo.

– Maravilha, não, Van Heidem? – disse. – Nem a minha própria mulher me reconhece!

Com quatro passos rápidos ele foi até ela e a tomou nos braços, apertando fortemente.

– Olive, minha querida. Sou eu, o Tom, por mais diferente que esteja.

Com o rosto dele encostado ao seu, os lábios em seu ouvido, ela ouviu-o sussurrar:

– *Continue representando. Pelo amor de Deus. Perigo.*

Soltou-a por um momento e agarrou-a mais uma vez.

– Querida! Parece que se passaram tantos anos... Mas você está aqui finalmente!

Ela sentiu os dedos dele fazendo pressão em suas costas, advertindo-a, transmitindo uma mensagem urgente.

Só depois de algum tempo ele a afastou um pouco e olhou para o seu rosto.

– Ainda não consigo acreditar – disse com um risinho nervoso. – Mas agora você me reconhece, não?

Seus olhos fulminavam, como sinal de alerta.

Ela não entendia... não tinha como entender. Mas era um milagre dos céus e ela tomou forças para representar seu papel.

– Tom! – exclamou num tom de reconhecimento que seus ouvidos aprovaram. – Ah, Tom... mas o que...

– Cirurgia plástica! Hertz, de Viena, está aqui. Ele é uma verdadeira maravilha. Não vá dizer que sente falta do meu antigo nariz achatado.

Beijou-a de novo, delicadamente dessa vez, virou-se para Van Heidem, que os observava, e disse com um sorriso de quem se desculpa:

– Desculpe os meus arrebatamentos, Van Heidem.

– Mas é claro... – o holandês sorriu de modo benevolente.

– Faz tanto tempo – disse Hilary – e eu... – cambaleou um pouco. – Por favor, posso me sentar?

Tom Betterton ajudou-a rapidamente a sentar-se numa cadeira.

– É claro, querida. Você deve estar exausta. Aquela viagem terrível. O acidente de avião. Meu Deus, um milagre você ter escapado!

Ou seja, eles tinham todas as informações. Todos sabiam do desastre.

– Fiquei com a cabeça um pouco atordoada – disse Hilary com um sorriso de desculpas. – Esqueço coisas, faço confusão. Tenho tido terríveis dores de cabeça. Então chego aqui e encontro meu marido totalmente mudado! Estou um pouco perdida, querido. Espero que não seja um estorvo para você.

– Você, um estorvo? Imagine! Você só precisa descansar um pouco. Só isso. Temos todo o tempo do mundo aqui.

Van Heidem encaminhou-se lentamente para a porta.

– Vou deixá-los em paz agora – disse. – Depois, leve sua mulher à seção de registro, Betterton, por favor. Vocês devem querer ficar um pouco sozinhos.

Saiu, fechando a porta atrás de si.

Imediatamente Betterton ajoelhou-se aos pés de Hilary e enfiou o rosto em seus ombros.

– Querida, querida – disse.

Mais uma vez ela sentiu aquela pressão de advertência dos dedos. Ele insistiu, num sussurro tão baixo que mal dava para entender:

– Continue representando. Pode haver um microfone... nunca se sabe.

Era isso. Nunca se sabia... Medo, desconforto, incerteza, perigo, perigo constante... dava para sentir no ar.

Tom Betterton sentou-se sobre as pernas dobradas.

– É tão bom vê-la – disse suavemente. – E, no entanto, parece um sonho, algo não muito real. Você também sente assim?

– Sim... um sonho... estar aqui... com você... finalmente. Não parece real, Tom.

Ela colocara as duas mãos nos ombros dele. Olhava-o com um ligeiro sorriso nos lábios. (Poderia haver um buraco para espiarem, além do microfone.)

Com frieza e tranquilidade, ela analisou o que via. Um belo homem, nervoso, de trinta e poucos anos, muito assustado... um homem no limite de sua resistência... um homem que provavelmente chegara àquele lugar cheio de esperanças e acabara reduzido a isso.

Agora que vencera o primeiro obstáculo, Hilary sentia uma curiosa euforia em representar seu papel. Tinha que *ser* Olive Betterton. Agir como Olive Betterton teria agido, sentir o que Olive Betterton teria sentido. E a vida era de uma irrealidade tão grande que isso parecia natural. Alguém que se chamava Hilary Craven havia morrido num desastre de avião. Daquele momento em diante, nem sequer se lembraria dela.

Em vez disso, repassou mentalmente as lições que estudara com tanto afinco.

– Parece que se passaram séculos desde Firbank – disse. – Whiskers... você se lembra de Whiskers? Teve gatinhos... logo depois que você foi embora. Há tantas coisas, coisas triviais do dia a dia, que você não sabe! É isso que parece estranho.

– Entendo. É o fato de romper com o passado e começar uma nova vida.

– E... é bom aqui? Você está feliz?

Uma pergunta típica de esposa, que qualquer uma faria.

– É maravilhoso – Tom Betterton endireitou os ombros, ergueu a cabeça. Os olhos, espantados e infelizes, desmentiam o rosto sorridente e confiante. – Temos todas as comodidades. Não precisamos gastar nada. Condições ideais para continuar o trabalho. E a organização é incrível.

– Tenho certeza de que sim. Minha viagem... você veio da mesma maneira?

– Não falamos sobre isso. Olhe, não estou ignorando sua pergunta, querida. Mas, sabe como é, você tem que aprender sobre tudo.

– E os leprosos? Trata-se realmente de uma colônia de leprosos?

– Sim. Uma verdadeira colônia. Há uma equipe de médicos realizando um excelente trabalho de pesquisa sobre o assunto. Mas é uma seção isolada. Não precisa se preocupar. É apenas uma camuflagem inteligente.

– Entendi – Hilary olhou à sua volta. – Estes são nossos alojamentos?

– Sim. Sala de estar, banheiro ali e o quarto lá. Venha, vou lhe mostrar.

Ela se levantou e o acompanhou. Passaram por um banheiro bem equipado e chegaram a um quarto de bom tamanho, onde havia duas camas, grandes armários embutidos, uma penteadeira e uma estante de livros perto das camas. Hilary olhou dentro dos armários e disse com humor:

– Não sei o que vou colocar aqui. Estou só com a roupa do corpo.

– Não importa. Você pode obter tudo o que quiser. Há um departamento de moda com todos os acessórios, cosméticos, tudo. Tudo da melhor qualidade. A Unidade é autossuficiente... tem tudo o que precisamos. Não há necessidade de sair daqui nunca mais.

As palavras foram pronunciadas de maneira quase casual, mas, aos ouvidos sensíveis de Hilary, revelaram desespero.

"Não há necessidade de sair daqui, nunca mais. Não há mais como sair daqui. *Abandonai toda a esperança, vós que entrais aqui*... A jaula bem preparada! Teria sido para isso", perguntava-se Hilary, "que todas aquelas pessoas, de personalidades tão diferentes, haviam abandonado seu país, sua lealdade, sua vida cotidiana? O dr. Barron, Andy Peters, o jovem Ericsson, com sua fisionomia sonhadora, a arrogante Helga Needheim? Sabiam eles o que iriam encontrar? Ficariam contentes? Era isso o que eles queriam?"

Ponderou: "Melhor não fazer muitas perguntas... alguém pode estar ouvindo".

Será que alguém estava ouvindo? Estariam eles sendo espionados? Tom Betterton, evidentemente, julgava que sim. Mas será que ele estava certo? Ou seria tensão, histeria? Tom Betterton parecia estar à beira de um colapso nervoso.

"Sim", pensou ela, fechando a cara, "e você ficará igualzinha, moça, daqui a seis meses... Por que as pessoas ficavam assim naquele lugar?", perguntou-se.

– Você gostaria de se deitar, de descansar? – indagou Tom Betterton.

– Não... – hesitou. – Acho que não.

– Então venha comigo. Vou levá-la à seção de registro.

– O que é a seção de registro?

– Todos que entram aqui têm de passar pela seção de registro. Eles anotam tudo a seu respeito. Estado de saúde, condição dos dentes, pressão arterial, grupo sanguíneo, reações psicológicas, gostos, restrições, alergias, aptidões, preferências...

– Parece bastante militar... ou seria médico?

– As duas coisas – respondeu Tom Betterton. – As duas coisas. Esta organização é realmente formidável.

– Sempre ouvi dizer isso – falou Hilary. – Quero dizer, que tudo por trás da Cortina de Ferro é muito bem planejado.

Tentou falar com entusiasmo. Afinal de contas, Olive Betterton, pelo que se podia presumir, sempre fora simpatizante do Partido, embora, talvez seguindo ordens, não tivesse sido reconhecida como membro.

Betterton disse de forma evasiva:

– Há muita coisa que você precisará compreender. – E emendou: – Melhor não tentar saber demais de uma só vez.

Beijou-a de novo, um beijo estranho, aparentemente carinhoso e até apaixonado, mas que na verdade era frio como gelo. Disse baixinho em seu ouvido:

– Continue assim. – E em voz alta: – Vamos à seção de registro!

Capítulo 12

A seção de registro era dirigida por uma mulher que parecia uma governanta, dessas bem rigorosas. Seu cabelo estava enrolado num coque horripilante, e ela usava um pincenê de aspecto bastante eficiente. Fez um gesto de aprovação quando os Betterton entraram em seu gabinete.

– Ah, trouxe a sra. Betterton – disse. – Muito bem.

Seu inglês era bom, mas ela falava com uma precisão tão exagerada que Hilary desconfiou que fosse estrangeira. Na verdade, ela era suíça. Indicou uma cadeira a Hilary, abriu uma gaveta e pegou uma pilha de formulários que começou a preencher rapidamente. Tom Betterton falou meio sem jeito:

– Bem, Olive, então vou indo.

– Sim, por favor, dr. Betterton. É melhor terminar logo com todas as formalidades.

Betterton saiu fechando a porta. O Robô, como Hilary a apelidou por dentro, continuou escrevendo.

– Pronto – disse em tom profissional. – Nome completo, por favor. Idade. Local de nascimento. Nome do pai e da mãe. Alguma doença grave? Do que gosta? Tem algum hobby? Experiência profissional. Diplomas universitários. Preferência em matéria de comida e bebida.

As perguntas continuaram, numa lista que parecia não acabar mais. Hilary respondia de modo vago, quase mecânico. Agradecia agora a cuidadosa preparação que tivera com Jessop. Havia aprendido tudo tão bem que as respostas lhe vinham automaticamente, sem que precisasse parar ou pensar. O Robô disse por fim, após transcrever a última resposta:

– Bem, isto é tudo quanto a este departamento. Agora vou encaminhá-la à dra. Schwartz, para o exame médico.

– Verdade? – indagou Hilary. – É necessário tudo isso? Parece-me um despropósito.

– Gostamos de fazer tudo certinho, sra. Betterton. É importante ter tudo registrado. A senhora gostará muito da dra. Schwartz. Depois, irá ao dr. Rubec.

A dra. Schwartz era loura, simpática e feminina. Fez um meticuloso exame em Hilary e disse:

– Pronto! Acabou. Agora a senhora verá o dr. Rubec.

– Quem é dr. Rubec? – quis saber Hilary. – Outro médico?

– O dr. Rubec é psicólogo.

– Não preciso de psicólogo. Não gosto de psicólogos.

– Não se preocupe, sra. Betterton. A senhora não será submetida a nenhum tipo de tratamento. Trata-se apenas de um teste de inteligência e personalidade.

O dr. Rubec era um suíço alto e melancólico, na faixa dos quarenta anos de idade. Cumprimentou Hilary, olhou rapidamente para o cartão que lhe fora entregue pela dra. Schwartz e sacudiu a cabeça em sinal de aprovação.

– Vejo com prazer que sua saúde é boa – disse. – Pelo que sei, a senhora sofreu um acidente de avião há pouco tempo, não?

– Sim – respondeu Hilary. – Fiquei quatro ou cinco dias num hospital em Casablanca.

– Quatro ou cinco dias não são suficientes – comentou o dr. Rubec, agora em tom de reprovação. – A senhora deveria ter ficado mais tempo.

– Eu não quis ficar mais tempo. Queria continuar minha viagem.

– Compreendo perfeitamente, mas nos casos de concussão é necessário bastante repouso. A pessoa pode se sentir bem e ter sofrido graves sequelas. Vejo que os seus reflexos não estão muito bons. Em parte por causa da agitação da viagem, em parte por causa da concussão, sem dúvida. Tem tido dores de cabeça?

– Sim. Dores de cabeça muito fortes. De vez em quando, fico meio confusa e não consigo me lembrar das coisas.

Hilary julgou importante frisar esse último ponto. O dr. Rubec concordou.

– Sim, sim. Mas não se preocupe. Isso passará. Agora faremos alguns testes de associação para verificar seu tipo de mentalidade.

Hilary ficou um pouco nervosa, mas aparentemente correu tudo bem. Deviam ser testes de praxe.

O dr. Rubec anotou tudo num longo formulário.

– É um prazer – disse finalmente – lidar com alguém, por favor, madame, não leve a mal o que lhe direi, lidar com alguém que não é gênio!

Hilary riu.

– Com certeza não sou gênio – confirmou.

– A senhora deve ficar feliz – disse o dr. Rubec. – Posso assegurar que a sua vida será muito mais tranquila – suspirou. – Aqui, como a senhora provavelmente já sabe, eu lido, na maioria dos casos, com pessoas muito inteligentes, mas de um tipo de inteligência propensa ao desequilíbrio e ao estresse. O cientista, madame, não é o sujeito frio e calmo que vemos na ficção. Na verdade – disse o dr. Rubec pensativo –, entre um jogador de tênis profissional, uma cantora de ópera e um físico nuclear existe pouca diferença no que se refere à estabilidade emocional.

– Talvez o senhor tenha razão – disse Hilary, lembrando-se de que ela supostamente vivera alguns anos em contato íntimo com cientistas. – Sim, eles são muito temperamentais às vezes.

O dr. Rubec ergueu as mãos num gesto expressivo.

– A senhora não acreditaria – disse – nas emoções que são despertadas aqui! As brigas, os ciúmes, a *suscetibilidade*! Temos que aprender a lidar com tudo isso. Mas a senhora, madame – sorriu –, a senhora pertence a uma classe que aqui é minoria. Uma classe afortunada, por assim dizer.

– Não entendo. Que tipo de minoria?

– Esposas – explicou o dr. Rubec. – Não há muitas esposas aqui. Poucas têm permissão para vir. O bom é que, de modo geral, elas estão livres das tempestades mentais de seus maridos e dos colegas deles.

– O que as esposas fazem aqui? – perguntou Hilary. Acrescentou, em tom de desculpa: – Entenda-me, é tudo muito novo para mim. Ainda estou perdida.

– É normal. Há hobbies, recreação, entretenimentos e cursos educacionais. Um campo muito vasto. A senhora achará a vida bastante agradável, espero.

– Como o senhor?

Era uma pergunta, bastante audaciosa por sinal, e Hilary ficou na dúvida se havia agido bem em fazê-la. Mas o dr. Rubec pareceu não dar muita importância.

– A senhora tem razão, madame – concordou ele. – Acho a vida aqui extremamente tranquila e interessante.

– Não sente saudade da Suíça?

– Não. Não sinto, não. Isso porque, no meu caso, as condições de vida não eram boas. Tinha uma esposa e vários filhos. Não fui feito, madame, para ser homem de família. As condições aqui são infinitamente melhores. Tenho a oportunidade de estudar alguns aspectos da mente humana que me interessam, sobre os quais estou escrevendo um livro. Não tenho preocupações domésticas, distrações, interrupções. É o ambiente perfeito para mim.

– E agora para onde vou? – indagou Hilary quando ele se levantou e cumprimentou-a com um cordial aperto de mão.

– A mademoiselle La Roche a levará ao departamento de roupas. O resultado, tenho certeza – curvou-se –, será admirável.

Após as mulheres severas e robóticas que encontrara até o momento, Hilary teve uma agradável surpresa ao conhecer a mademoiselle La Roche. Ela havia sido *vendeuse* de um dos estabelecimentos da *haute couture* de Paris e era bastante feminina.

– É um prazer conhecê-la, madame. Espero poder ajudá-la. Como a senhora acabou de chegar e está cansada, sugiro que escolha agora apenas o essencial. Amanhã e durante a próxima semana, poderá examinar o que temos com calma. É cansativo escolher às pressas. Tira todo o prazer de *la toilette*. Sugiro então, se a senhora estiver de acordo, apenas um conjunto de roupas íntimas, uma saia e talvez um *tailleur*.

– Ótimo – falou Hilary. – Não imagina como é ruim estar somente com uma escova de dentes e uma esponja.

Mademoiselle La Roche riu, como quem entendia. Tomou rapidamente algumas medidas e levou Hilary a uma grande sala, repleta de armários embutidos. Havia roupas de todos os tipos e tamanhos, feitas de bom material e de excelente corte. Depois que Hilary escolheu o essencial de *la toilette*, passaram para a seção de cosméticos, onde Hilary escolheu pós, cremes e vários outros produtos de beleza. A mercadoria foi entregue a uma das assistentes, uma jovem marroquina de pele escura e brilhante, vestida de branco, que recebeu instruções de levar tudo para o apartamento de Hilary.

O que acontecia parecia a Hilary cada vez mais um sonho.

– Espero ter o prazer de vê-la novamente em breve – disse mademoiselle La Roche com amabilidade. – Será uma grande alegria, madame, poder ajudá-la na escolha de nossos modelos. *Entre nous*, meu trabalho, às vezes, é decepcionante. Essas senhoras da ciência raramente se interessam por *la toilette*. Aliás, uma companheira de viagem sua esteve aqui não faz nem meia hora.

– Helga Needheim?

– Isso mesmo. Uma *boche**, está na cara, e os *boches* não simpatizam conosco. Não é feia. Só precisava cuidar um pouco mais da aparência, escolher melhor o que veste. Mas não é o caso. Ela não se interessa por roupas. É médica, pelo que sei. Especialista em alguma coisa. Espero que tenha mais interesse por seus pacientes do que por *toilette*... Que tipo de homem vai olhar para ela?

A srta. Jennson, a moça magra, morena e de óculos que recebera os viajantes quando chegaram, entrou no salão de moda.

– Terminou aqui, sra. Betterton? – perguntou.

– Sim, obrigada – respondeu Hilary.

– Então podemos ver o diretor adjunto.

Hilary disse *au revoir* à mademoiselle La Roche e seguiu a séria srta. Jennson.

– Quem é o diretor adjunto? – perguntou.

– O dr. Nielson.

Todo mundo aqui é doutor em alguma coisa, pensou Hilary.

– Quem é exatamente o dr. Nielson? – quis saber. – Um médico, um cientista, o quê?

– Não. O dr. Nielson não é médico, sra. Betterton. É o encarregado da administração. Todas as reclamações passam por ele. É o chefe administrativo da Unidade.

---

* *Boche*: nome pejorativo aplicado aos alemães durante a Primeira Guerra Mundial. (N.T.)

Entrevista todo mundo que chega. Depois disso, a senhora não deverá vê-lo de novo, a não ser que algo muito sério aconteça.

– Entendi – disse Hilary mansamente, com a sensação de ter sido posta em seu lugar.

O acesso ao gabinete do dr. Nielson era feito por duas antessalas onde havia estenógrafos trabalhando. Hilary e sua guia finalmente chegaram ao refúgio sagrado do dr. Nielson, que se levantou atrás de sua enorme mesa de trabalho. Era um homem alto, de rosto avermelhado e modos corteses. Devia ser do outro lado do Atlântico, pensou Hilary, embora tivesse pouco sotaque americano.

– Ah! – exclamou ele, indo em direção a Hilary e apertando-lhe a mão. – A senhora é... deixe-me ver... sim, a sra. Betterton. É um prazer recebê-la, sra. Betterton. Esperamos que seja muito feliz conosco. Lamento o acidente que sofreu durante a viagem, mas fico contente que não tenha sido pior. A senhora teve muita sorte. Muita sorte mesmo. Bem, seu marido a esperava ansiosamente. Espero que sejam muito felizes entre nós, agora que a senhora chegou.

– Obrigada, dr. Nielson – Hilary sentou-se na cadeira que ele puxou para ela.

– Gostaria de me fazer alguma pergunta? – o dr. Nielson inclinou-se sobre a mesa de modo encorajador.

Hilary riu.

– Difícil responder – disse ela. – Na verdade, tenho tantas perguntas que não sei por onde começar.

– Compreendo. Se quiser seguir meu conselho... veja bem, é apenas um conselho... eu não perguntaria nada. Procure se adaptar e ver o que acontece. É a melhor solução, pode acreditar.

– Sinto que sei tão pouco – disse Hilary. – É tudo tão... tão inesperado!

– Sim. A maioria de nós tem essa impressão. Quase todo mundo pensa que vai para Moscou – riu, achando graça. – Nosso lar no deserto é uma grande surpresa para a maior parte das pessoas.

– Foi uma surpresa para mim.

– Bem, não contamos muita coisa antes. As pessoas podem ser indiscretas, e a discrição é muito importante. Mas a senhora terá todo o conforto aqui. Se não gostar de alguma coisa ou se precisar de algo específico... é só fazer uma requisição que daremos um jeito de conseguir! Qualquer pedido relacionado à arte, por exemplo. Pintura, escultura, música. Temos um departamento especial para tratar desses assuntos.

– Não tenho o mínimo jeito para arte.

– Também há muita atividade social. Jogos. Temos quadras de tênis, de squash... As pessoas, em geral, levam de uma a duas semanas para se ambientar, principalmente as esposas. O marido está ocupado com o trabalho, e as esposas demoram algum tempo para encontrar outras com ideias e interesses parecidos. Esse tipo de coisa. A senhora entende.

– Mas as pessoas... as pessoas ficam aqui?

– Como assim "ficam aqui"? Não entendi sua pergunta, sra. Betterton.

– As pessoas ficam aqui ou podem ir para outros lugares?

O dr. Nielson deu uma resposta vaga.

– Ah – exclamou. – Isso depende do marido. Sim, depende muito do marido. Existem possibilidades. Várias possibilidades. Mas é melhor não entrarmos nesses detalhes agora. Sugiro que a senhora... volte a falar comigo daqui a umas três semanas. Para me contar como está indo.

– Podemos ou não podemos sair daqui?

– Sair, sra. Betterton?

– Digo, ultrapassar os muros. Sair pelo portão.

– Uma pergunta muito pertinente – disse o dr. Nielson. Agia agora de modo bastante paternal. – Sim, muito pertinente. A maioria pergunta isso quando chega aqui. Mas a questão é que a nossa Unidade, por si só, já é um mundo. Não há para onde ir fora daqui. Só deserto. Não a culpo, sra. Betterton. Muitas pessoas sentem o mesmo ao chegar. Uma espécie de claustrofobia. É assim que o dr. Rubec classifica. Mas garanto que isso passa. Uma espécie de síndrome de abstinência, por assim dizer, pelo mundo que se deixou. Já observou um formigueiro de perto, sra. Betterton? Vale a pena. Aprendemos várias lições. Centenas de pequenos insetos pretos correndo de um lado para o outro, com tanta determinação, tanto entusiasmo, tanta certeza. E, no entanto, o conjunto inteiro é uma bagunça. Esse é o velho mundo que a senhora deixou. O mundo da maldade. Aqui há lazer, propósito e tempo ilimitado – sorriu. – Pode escrever: um paraíso na Terra.

Capítulo 13

– Parece uma escola – disse Hilary.

Estava de volta a seu apartamento. As roupas e os acessórios que escolhera a esperavam no quarto. Pendurou as roupas no armário e guardou os outros objetos do seu jeito.

– Eu sei – disse Betterton. – Senti o mesmo no início.

A conversa deles era medida e forçada. A possibilidade de haver um microfone ali ainda os limitava. Ele disse de maneira oblíqua:

– Acho que está tudo bem. Talvez eu estivesse imaginando coisas. Mesmo assim...

Não continuou, mas Hilary entendeu o que ele queria dizer: "Mesmo assim, é melhor termos cuidado".

Tudo aquilo parecia um pesadelo surreal, pensou Hilary. Ali estava ela, dividindo um quarto com um estranho. Entretanto, a sensação de incerteza e perigo era tão intensa que nenhum dos dois parecia se constranger com a intimidade compulsória. Era o mesmo que acontece, pensou ela, quando se escalam montanhas nos Alpes e todos, guias e alpinistas, dividem a cabana na maior intimidade, como algo natural. Depois de algum tempo, Betterton disse:

– É tudo uma questão de adaptação. Sejamos apenas naturais. Normais. Quase como se ainda estivéssemos em casa.

Hilary percebeu a sagacidade daquelas palavras. A sensação de irrealidade persistia e iria persistir por mais algum tempo, pensou. Os motivos que levaram Betterton a deixar a Inglaterra, suas esperanças e desilusões não eram assunto para se abordar nesse momento. Eram duas pessoas representando seu papel com uma ameaça indefinida pairando sobre si. Ela falou em seguida:

– Fizeram-me passar por várias formalidades. Exames médicos, psicológicos, essas coisas.

– Sim. Sempre fazem isso. É natural, suponho.

– Fizeram o mesmo com você?

– Mais ou menos.

– Depois fui ver o... diretor adjunto. Não é assim que o chamam?

– Sim. Ele dirige este lugar. É um administrador muito competente.

– Mas ele não é realmente o chefe de tudo.

– Não. O chefe de tudo é o diretor.

– Alguém pode... eu, por exemplo... poderei ver o diretor?

– Em algum momento, creio eu. Mas ele não aparece com frequência. Faz discursos de vez em quando... tem uma personalidade incrivelmente estimulante.

Betterton franziu um pouco a testa, e Hilary achou melhor abandonar o assunto.

– O jantar é às oito – disse ele, consultando o relógio. – Entre oito e oito e meia. Melhor descermos, se já estiver pronta.

Ele falou exatamente como se eles estivessem hospedados num hotel.

Hilary estava com o vestido que escolhera, de uma tonalidade verde-acinzentada que combinava com o seu cabelo ruivo. Colocou um belo colar de bijuteria e anunciou que estava pronta. Desceram as escadas, passaram por corredores e chegaram, finalmente, a um grande salão de jantar. A srta. Jennson veio recebê-los.

– Guardei uma mesa um pouco maior para você, Tom – disse para Betterton. – Dois companheiros de viagem de sua mulher sentarão com vocês... e os Murchison, é claro.

Dirigiram-se para a mesa indicada. As mesas do salão eram quase todas pequenas, com quatro, oito ou dez lugares. Andy Peters e Ericsson, que já estavam sentados, levantaram-se quando eles chegaram. Hilary apresentou seu "marido" aos dois. Sentaram-se todos e, logo depois, apareceu um casal, que Betterton apresentou como o dr. e a sra. Murchison.

– Simon e eu trabalhamos no mesmo laboratório – explicou.

Simon Murchison era um jovem magro, com ar anêmico, de uns 26 anos. Sua mulher era morena e atarracada. Falava com forte sotaque estrangeiro, e Hilary presumiu que fosse italiana. Seu primeiro nome era Bianca. Cumprimentou Hilary de maneira educada, mas com aparente reserva.

– Amanhã – disse –, vou levá-la para conhecer o lugar. A senhora não é cientista, não é?

– Não tenho formação científica – respondeu Hilary. – Trabalhava como secretária antes de me casar – acrescentou.

– Bianca estudou direito – contou o marido. – Estudou economia e direito comercial. Às vezes dá palestras aqui, mas é difícil achar o que fazer para ocupar todo o tempo.

Bianca deu de ombros.

– Vou dar um jeito – disse ela. – Até porque, Simon, vim para cá para ficar com você e acho que há muita coisa que pode ser organizada de um modo melhor. Estou estudando as condições. Talvez a sra. Betterton possa me ajudar, já que não vai estar empenhada em trabalhos científicos.

Hilary concordou sem pestanejar. Andy Peters fez todo mundo rir ao dizer com certa tristeza:

– Sinto-me como um menino que acaba de entrar para um colégio interno e está com saudade de casa. Ficarei feliz quando começar a trabalhar.

– Aqui é um lugar maravilhoso para trabalhar – disse Simon Murchison com entusiasmo. – Ninguém nos interrompe e temos tudo o que precisamos.

– Qual é a sua especialidade? – perguntou Andy Peters.

E logo os dois homens estavam conversando num jargão que Hilary achou difícil de acompanhar. Virou-se para Ericsson, que estava recostado na cadeira com os olhos perdidos.

– E o senhor? – perguntou. – Também se sente como um menino com saudades de casa?

Olhou-a como se estivesse longe.

– Não preciso de casa – disse. – Todas essas coisas: lar, laços afetivos, pais, filhos... Tudo isso não passa de um grande estorvo. Para trabalhar, precisamos estar livres.

– E o senhor sente que será livre aqui?

– Ainda não dá para dizer. Espero que sim.

Bianca falou com Hilary.

– Depois do jantar, temos várias opções. Há uma sala de jogos, onde podemos jogar bridge, um cinema, e três vezes por semana acontecem apresentações teatrais e às vezes dança.

Ericsson franziu a testa, expressando desaprovação.

– Tudo bobagem – disse. – Essas coisas só nos fazem desperdiçar energia.

– Não no nosso caso – disse Bianca. – Para as mulheres, elas são necessárias.

O norueguês olhou-a com frieza e menosprezo.

Hilary pensou: "Para ele, as mulheres também são bobagem".

– Vou para a cama cedo – disse Hilary, forçando um bocejo. – Não estou com muita vontade de ficar vendo filme ou jogar bridge esta noite.

– Isso, querida – disse Tom Betterton, pegando carona. – É melhor mesmo você ir para a cama cedo e tirar uma boa noite de sono. Lembre-se de que teve uma viagem muito cansativa.

Quando se levantaram da mesa, Betterton falou:

– O ar daqui é maravilhoso à noite. Costumamos dar uma volta no jardim do terraço depois do jantar, antes da recreação ou dos estudos. Vamos até lá. Depois você vai dormir.

Subiram num elevador comandado por um lindo nativo de túnica branca. Os criados eram mais escuros e corpulentos do que os berberes, mais esguios e claros... tipos do deserto, pensou Hilary. Ficou abismada com a beleza inesperada do jardim e também com a enorme soma que deviam ter gastado para criá-lo. Toneladas de terra haviam sido trazidas até ali. Parecia um conto de *As mil e uma noites.* O som da água, as altas palmeiras, as folhas tropicais de bananeiras e outras plantas, os caminhos com azulejos coloridos de flores persas.

– Inacreditável – exclamou Hilary. – Aqui no meio do deserto. – Colocou em palavras o que havia pensado: – Parece um conto de *As Mil e Uma Noites*!

– Concordo, sra. Betterton – disse Murchison. – Parece coisa de lâmpada mágica! Bem... suponho que, mesmo no deserto, não há nada que não se possa fazer, havendo água e dinheiro... em abundância.

– De onde vem a água?

– De uma fonte no interior da montanha. Essa é a *raison d'être* da Unidade.

Havia um bom número de pessoas no jardim, mas pouco a pouco elas foram se retirando.

Os Murchison despediram-se. Iam assistir a um balé.

Restara pouca gente. Betterton guiou Hilary, segurando-a pelo braço, até um espaço vazio perto do parapeito. As estrelas brilhavam acima deles; o ar agora estava frio e revigorante. Estavam a sós. Hilary sentou-se no banco de concreto e Betterton ficou de pé na sua frente.

– Agora me diga – falou ele nervoso, em voz baixa –, *quem é você*?

Ela o encarou por algum tempo antes de responder. Precisava saber uma coisa antes de dar a resposta.

– Por que você me reconheceu como sua mulher? – perguntou.

Olharam-se mutuamente. Nenhum queria ser o primeiro a responder ao outro. Era um duelo de forças entre os dois, mas Hilary sabia que o Tom Betterton que tinha à sua frente não era o mesmo que deixara a Inglaterra, e sua força de vontade agora era inferior à dela. Ela estava fresca, confiante em si mesma, julgando-se capaz de organizar a própria vida... Tom Betterton vinha levando uma vida planejada. Ela era a mais forte.

Por fim, Betterton desviou o olhar e murmurou, parecendo contrariado:

– Foi... somente um impulso. Agi como um idiota. Imaginei que você pudesse ter sido enviada... para me tirar daqui.

– Então você quer sair daqui?

– E você ainda pergunta?

– Como veio de Paris para cá?

Tom Betterton riu, expressando infelicidade.

– Não fui sequestrado, nem nada parecido, se é isso que você quer dizer. Vim por vontade própria, com os meus próprios pés. Estava totalmente empolgado.

– Você sabia que estava vindo para este lugar?

– Não tinha a mínima ideia de que estava vindo para a África, se é isso que você quer dizer. Caí no engodo de sempre. Paz na Terra, livre troca de segredos entre os cientistas do mundo todo; supressão dos capitalistas e instigadores de guerra... todo o jargão habitual! Aquele rapaz, Peters, que veio com você, mordeu a mesma isca.

– E quando você chegou aqui... não era isso?

Riu de novo com amargura.

– Você verá com os próprios olhos. Talvez *seja* isso, sim, de uma forma ou de outra. Mas não é como eu pensava. Não é... *liberdade*.

Ele se sentou ao lado dela, franzindo a testa.

– Era isso que me deprimia no nosso país. A sensação de estar sendo sempre vigiado. Todas aquelas precauções de segurança. Ter que prestar contas em relação a seus passos, seus amigos... Tudo necessário, atrevo-me a dizer, mas bastante nocivo... Então, quando aparece alguém com uma proposta... você ouve... tudo faz sentido... – deu uma risada rápida. – E você acaba... aqui!

– Quer dizer que acabou se deparando com a mesma situação da qual tentava fugir? – perguntou Hilary lentamente. – Você está sendo vigiado da mesma maneira... ou mais ainda?

Betterton tirou os cabelos da testa num gesto nervoso.

– Não sei – respondeu. – Sinceramente, não sei. Não tenho certeza. Pode ser tudo imaginação minha. Não sei se estou sendo realmente vigiado. Por que seria? Por que se dariam ao trabalho? Eles me têm aqui... na prisão.

– Não é nem um pouco como você imaginava?

– Isso é que é estranho. Acho que é como eu imaginava de certa forma. As condições de trabalho são perfeitas. Temos tudo o que precisamos, toda a aparelhagem. Podemos trabalhar o tempo que quisermos. Temos todo o conforto e todos os acessórios. Casa, comida e roupa lavada, mas lembramos o tempo todo que estamos numa prisão.

– Eu sei. Quando ouvi o barulho do portão se fechando hoje tive uma sensação horrível – disse Hilary, estremecendo.

– Bem – Betterton parecia ter recobrado o controle. – Respondi a sua pergunta. Agora responda a minha. O que você está fazendo aqui fingindo ser Olive?

– Olive... – parou, procurando palavras.

– Sim. O que tem Olive? O que aconteceu com ela? O que você está tentando dizer?

Ela olhou com pena para o seu rosto cansado e nervoso.

– Estava com medo de lhe contar.

– Então aconteceu algo com ela.

– Sim. Sinto muito. Sinto muito mesmo... Sua mulher está morta... Vinha ao seu encontro quando o avião caiu. Foi levada para o hospital e morreu dois dias depois.

Betterton ficou olhando para frente. Era como se estivesse decidido a não demonstrar qualquer emoção.

– Quer dizer que Olive morreu? Entendo... – disse ele em voz baixa.

Fez-se um longo silêncio. Depois, ele se virou para ela.

– Até aí tudo bem. Você tomou seu lugar e veio para cá. Mas por quê?

Dessa vez, Hilary tinha a resposta na ponta da língua. Tom Betterton acreditava que ela havia sido "enviada para tirá-lo dali", como ele mesmo dissera. Mas não era o caso. A função de Hilary era a de espiã. Tinha vindo para obter informações, não para planejar a fuga de um homem que se colocara voluntariamente na posição em que estava. Além disso, não tinha como salvá-lo, pois era prisioneira tanto quanto ele.

Julgou perigoso confiar totalmente nele. Betterton estava à beira de um colapso nervoso. A qualquer momento, poderia desmoronar. Em tais circunstâncias, seria loucura esperar que guardasse segredo.

Hilary disse:

– Eu estava no hospital com sua mulher quando ela morreu. Ofereci-me para ficar no lugar dela e tentar encontrá-lo. Ela queria muito que você recebesse um recado.

Ele franziu a testa.

– Mas com certeza...

Antes que ele pudesse perceber as falhas da narrativa, ela emendou:

– Não é tão incrível quanto possa parecer. Eu simpatizava com todas as ideias... essas ideias que você mencionou há pouco. Troca de segredos científicos entre as nações... uma Nova Ordem Mundial. Estava entusiasmada com tudo isso. Aí, por conta do meu cabelo... se o que eles esperavam era uma ruiva de determinada idade, eu tinha chance. Pareceu-me que valia a pena tentar.

– Sim – disse ele, olhando para o cabelo dela. – Seu cabelo é igualzinho ao de Olive.

– Além disso, sua mulher insistiu tanto... na questão do recado que queria que eu lhe desse.

– Sim, o recado. Qual é o recado?

– Para você ter cuidado... muito cuidado... que está correndo perigo... por causa de um tal Boris.

– Boris? Quer dizer Boris Glydr?

– Sim. Você o conhece?

Ele fez que não com a cabeça.

– Nunca o vi, mas o conheço de nome. É parente da minha primeira mulher. Sei algumas coisas sobre ele.

– E por que ele seria perigoso?

– O quê?

Ele estava distraído.

Hilary repetiu a pergunta.

– Ah – pareceu voltar de muito longe. – Não sei o perigo que representa para *mim*, mas dizem que é um sujeito realmente perigoso.

– Perigoso em que sentido?

– Bem, ele é um desses idealistas meio loucos que não hesitariam em matar metade da humanidade se julgassem, por algum motivo, que isso seria bom.

– Conheço bem esse tipo de gente.

Sentia que realmente conhecia. Mas por quê?

– Olive chegou a vê-lo? O que ele disse para ela?

– Não sei. Isso foi tudo o que ela falou. Sobre perigo... Ah, sim, ela disse que havia custado a acreditar.

– Acreditar em quê?

– Não sei. – Ela hesitou por um momento e então disse: – Ela estava morrendo...

Um espasmo de dor transfigurou o rosto dele.

– Eu sei... eu sei... Com o tempo vou me acostumar. No momento, ainda é difícil. Mas estou intrigado a respeito de Boris. Que perigo ele pode representar para mim *aqui*? Se ele viu Olive, suponho que esteve em Londres.

– Sim.

– Então não entendo... Mas o que importa? Estamos aqui, presos nesta maldita Unidade, cercados de robôs inumanos...

– Foi exatamente o que me pareceram.

– E não temos como sair – bateu com a mão fechada no concreto. – *Não temos como sair.*

– Temos, sim – disse Hilary.

Ele se virou e encarou-a, parecendo surpreso.

– Como assim?

– Vamos dar um jeito – garantiu Hilary.

– Minha querida – riu com certo escárnio –, você não tem a mínima ideia do que está enfrentando neste lugar.

– Pessoas escaparam dos lugares mais improváveis durante a guerra – insistiu Hilary. Não se entregaria ao desespero. – Cavaram túneis ou coisa parecida.

– Como cavar um túnel na rocha bruta? E para onde? Estamos no meio do deserto.

– Então terá que ser "coisa parecida".

Ele a olhou. Ela sorriu com uma confiança que era mais teimosia do que outra coisa.

– Você é uma moça extraordinária! Parece tão segura de si.

– Sempre existe uma saída. Admito que precisaremos de tempo e muito planejamento.

O rosto dele anuviou-se novamente.

– Tempo – repetiu ele. – Tempo... Não tenho tempo.

– Por quê?

– Não sei se você conseguirá entender... É o seguinte: não tenho como fazer meu trabalho aqui.

Ela franziu a testa.

– O que quer dizer?

– Como vou lhe explicar? Não tenho como trabalhar. Não consigo *pensar*. Na minha área, é necessário um alto nível de concentração. Grande parte do meu trabalho... depende da *criatividade*. Desde que vim para cá, perdi o estímulo. Faço apenas um bom trabalho, coisa que qualquer cientista de meia-tigela pode fazer. Mas não foi para isso que eles me trouxeram para cá. Querem trabalhos originais, porém eu não consigo fazer nada original. E quanto mais nervoso e amedrontado fico, mais incapacitado me torno para produzir algo que valha a pena produzir. E isso está me deixando louco, entende?

Sim, ela entendia agora. Lembrou-se dos comentários do dr. Rubec a respeito de cantoras de óperas e cientistas.

– Se eu não der o que esperam de mim, o que uma organização como esta fará? Eles me liquidarão.

– Não!

– Sim! Eles não são sentimentalistas aqui. O que me salvou até agora foi esse negócio de cirurgia plástica. Tem que ser feito aos poucos, sabe? E, naturalmente, não se pode esperar concentração de um sujeito que está sendo submetido a pequenas mas constantes intervenções cirúrgicas. Só que agora essa história acabou.

– Mas por que operações? Qual o objetivo?

– Qual o objetivo? Motivos de segurança. A minha segurança, digo. Fazem isso quando você é um homem "procurado".

– Então você é um homem "procurado"?

– Sim. Não sabia? Ah, imagino que não tenham noticiado o fato nos jornais. Talvez nem Olive soubesse. Mas sou um homem procurado, sim.

– Quer dizer, por... *traição* é o termo, não? Ou seja, você vendeu segredos sobre átomos?

Ele evitou os olhos dela.

– Não vendi nada. Contei a eles o que sabia sobre nossos processos... sem cobrar nada. Eu *quis* contar, acredite você ou não. Era parte de toda a ideia... a livre troca de conhecimento científico. Não dá para entender?

Ela entendia. Entendia que Andy Peters fizesse o mesmo. Podia ver Ericsson, com seus olhos de sonhador fanático, traindo seu país com a alma enlevada de entusiasmo.

No entanto, era-lhe difícil conceber Tom Betterton fazendo isso... e ela percebeu, cheia de espanto, que tudo aquilo demarcava a diferença entre o Betterton de alguns meses antes, todo empolgado, e o Betterton de agora, nervoso, derrotado, realista... um homem comum, apavorado.

Chegava a essa conclusão quando Betterton, olhando em volta preocupado, disse:

– Todo mundo já desceu. É melhor...

Ela se levantou.

– Sim. Mas não tem problema. Eles acharão natural... dadas as circunstâncias.

Ele falou meio sem jeito:

– Teremos que continuar com aquilo, digo, você sendo minha mulher.

– É claro.

– E teremos que dormir no mesmo quarto. Mas não precisa se preocupar, que...

Engoliu em seco, sem graça.

"Como ele é bonito", pensou Hilary, olhando-o de perfil, "e como isso importa pouco..."

– Não precisamos pensar nisso – ela disse com voz animada. – O importante é sair daqui com vida.

Capítulo 14

Num quarto do hotel Mamounia, em Marrakesh, o homem chamado Jessop conversava com a srta. Hetherington. Era uma srta. Hetherington diferente da que Hilary conhecera em Casablanca e Fez. A mesma aparência, a mesma maneira de se vestir e o mesmo penteado deprimente. Mas seu jeito havia mudado. Era agora uma mulher enérgica, competente e muito mais jovem de espírito.

A terceira pessoa presente era um homem moreno, atarracado, com inteligência no olhar. Batia com os dedos na mesa enquanto cantarolava baixinho uma cantiga francesa.

– ...e, até onde sabe – Jessop dizia –, essas são as únicas pessoas com quem ela falou em Fez?

Janet Hetherington respondeu que sim com a cabeça.

– Havia aquela mulher, Calvin Baker, que tínhamos encontrado em Casablanca. Francamente, ainda não sei o que pensar a respeito dela. Esforçava-se para se mostrar gentil com Olive Betterton e comigo. Mas os americanos são naturalmente sociáveis, puxam conversa com as pessoas nos hotéis e gostam de participar das excursões de grupo.

– Sim – concordou Jessop –, é evidente demais para ser o que procuramos.

– Além disso – continuou Janet Hetherington –, *ela* também estava no avião.

– Ou seja – disse Jessop –, você está dizendo que o acidente foi planejado. – Olhou de lado para o homem moreno e atarracado. – O que acha disso, Leblanc?

Leblanc parou de murmurar a canção e de tamborilar na mesa por um momento.

– *Ça se peut* – disse ele. – Podem ter mexido no motor, ocasionando a queda. Nunca saberemos. O fato é que o avião caiu, pegou fogo e todos os passageiros morreram.

– O que você sabe sobre o piloto?

– Alcadi? Jovem e razoavelmente competente. Nada mais. Mal remunerado – fez uma pequena pausa antes de dizer essas duas últimas palavras.

– Aberto, portanto, a outras oportunidades de emprego, mas não um suicida em potencial? – falou Jessop.

– Havia sete corpos – disse Leblanc. – Carbonizados, irreconhecíveis, mas eram sete. Quanto a isso não há dúvida.

Jessop virou-se para Janet Hetherington.

– Continue, por favor – pediu.

– A sra. Betterton trocou algumas palavras com uma família francesa em Fez. Havia também um bem-sucedido empresário sueco, acompanhado de uma jovem glamorosa, e o velho barão do petróleo, o sr. Aristides.

– Ah – fez Leblanc –, o próprio personagem de fábula. Costumo me perguntar como se sentirá uma pessoa com tanto dinheiro. No meu caso – acrescentou com franqueza –, teria cavalos de corrida, mulheres e tudo o que o mundo pode oferecer. Mas o velho Aristides se tranca em seu castelo na Espanha... isso mesmo, *mon cher*, seu castelo... e coleciona, segundo dizem, porcelana chinesa da dinastia Sung. Devemos nos lembrar, porém – acrescentou –, que ele tem pelo menos setenta anos. Nessa idade, as porcelanas chinesas talvez sejam a única coisa que nos interesse.

– De acordo com os próprios chineses – disse Jessop –, os anos entre os sessenta e os setenta são os mais belos e o período em que mais apreciamos as belezas e os prazeres da vida.

– *Pas moi*! – exclamou Leblanc.

– Havia alguns alemães em Fez também – continuou Janet Hetherington –, mas, até onde eu sei, eles não falaram com Olive Betterton.

– Um garçom ou criado, talvez – sugeriu Jessop. É sempre possível.

– E ela foi à cidade velha sozinha, é isso?

– Foi com um dos guias. Alguém pode ter falado com ela durante o caminho.

– De qualquer modo, ela decidiu repentinamente ir a Marrakesh.

– Não foi repentinamente – ela o corrigiu. – Ela já havia feito as reservas.

– Fiz confusão – disse Jessop. – O que quero dizer é que a sra. Calvin Baker decidiu acompanhá-la de maneira um tanto súbita – levantou-se e andou de um lado para o outro. – Ela foi de avião para Marrakesh – disse – e o avião caiu. Parece haver um mau agouro para qualquer pessoa que se chame Olive Betterton quando viaja pelo ar, não? Primeiro, o desastre de Casablanca e depois esse outro. Será que foi um acidente? Ou terá sido tudo planejado? Se havia pessoas interessadas no desaparecimento de Olive Betterton, existem maneiras mais simples do que destruir um avião para se livrar dela.

– Nunca se sabe – disse Leblanc. – Compreenda, *mon cher*. Quando o sujeito chega a um estado de espírito em que a vida humana já não tem nenhuma importância, é mais simples colocar dinamite debaixo de um assento de avião do que esperar na esquina, numa noite escura, e esfaquear alguém. Pensando assim, colocam o explosivo, e o fato de mais seis pessoas morrerem não é sequer levado em consideração.

– É claro – disse Jessop –, sei que sou minoria, mas ainda acho que existe uma terceira solução... que eles simularam o acidente.

Leblanc olhou para ele com interesse.

– Isso poderia ser feito, sim. O avião poderia ter aterrissado e depois ser incendiado. Mas você não pode ignorar o fato, *mon cher* Jessop, de que havia *pessoas* no avião. Foram encontrados corpos carbonizados.

– Eu sei – insistiu Jessop. – Esse é o obstáculo. Sei que minhas ideias são meio fantásticas, mas o final da nossa caçada está me parecendo simplista demais. É o que sinto. Ele nos diz que tudo acabou. Escrevemos "Descanse em Paz" no nosso relatório e encerramos o caso. Não há mais pistas a seguir. – Virou-se novamente para Leblanc. – Mandou fazer aquela busca?

– Há dois dias – respondeu Leblanc. – Homens muito bons. O avião caiu num lugar muito ermo. A propósito, fora da rota.

– O que é um dado bastante significativo – ressaltou Jessop.

– As aldeias mais próximas, as casas mais próximas, os rastros mais próximos de automóvel, tudo está sendo investigado. No nosso país, tanto como no seu, damos a maior importância às investigações. Na França, também perdemos alguns dos nossos melhores cientistas. Na minha opinião, *mon cher*, é mais fácil controlar cantoras de óperas temperamentais do que cientistas. Eles são brilhantes, esses jovens, mas são instáveis, rebeldes e, o que é mais perigoso, completamente ingênuos. O que imaginam que se passa *là bas*? Doçura, luz, desejo pela verdade e o paraíso na Terra? Coitados! Quantas desilusões os esperam.

– Vamos ler a lista de passageiros de novo – disse Jessop.

O francês esticou o braço, tirou a lista de uma cesta de arame e entregou-a ao colega. Os dois começaram a ler.

– Sra. Calvin Baker, americana. Sra. Betterton, inglesa. Torquil Ericsson, norueguês... a propósito, o que sabe sobre ele?

– Nada de que eu me lembre – respondeu Leblanc. – Era jovem. No máximo 27, 28 anos.

– Conheço esse nome – disse Jessop, franzindo a testa. – Acho... tenho quase certeza... que ele apresentou um trabalho na Royal Society.

– Depois vem a *religieuse* – disse Leblanc, voltando à lista. – Irmã Marie não sei do quê. Andrew Peters, também americano. Dr. Barron. Esse é um nome famoso, *le docteur Barron.* Um homem brilhante. Especialista em doenças causadas por vírus.

– Guerra biológica – falou Jessop. – Tudo se encaixa.

– Um indivíduo mal pago e insatisfeito – disse Leblanc.

– "Quantos iam para St. Ives"? – murmurou Jessop.

O francês olhou-o sem entender e Jessop sorriu, como que pedindo desculpa.

– É apenas um versinho infantil conhecido na Inglaterra – explicou. – St. Ives, no caso, significa ponto de interrogação. Viagem para lugar nenhum.

O telefone em cima da mesa tocou, e Leblanc atendeu.

– *Allô*? – disse. – *Qu'est-ce qu'il y a*? Ah, sim, mande-os subir. – Virou-se para Jessop com o rosto radiante. – Um dos homens trazendo informações – falou. – Encontraram alguma coisa. *Mon cher collègue*, é possível... só digo isso... que seu otimismo se justifique.

Pouco tempo depois, dois homens entraram no quarto. O primeiro parecia-se ligeiramente com Leblanc, o mesmo tipo, atarracado, moreno, inteligente. Era educado nos modos e muito animado. Vestia-se como um europeu, mas sua roupa estava amarrotada, manchada e coberta de poeira. Via-se que acabava de chegar de uma viagem. O outro era um nativo, com as costumeiras vestes brancas. Tinha a dignidade natural dos habitantes de lugares distantes. Era cordial, mas não subserviente. Olhou com certa admiração ao redor do quarto, enquanto seu companheiro explicava a situação em francês.

– A recompensa foi oferecida – explicou o primeiro. – Este homem, sua família e vários amigos seus têm procurado muito. Disse-lhe que ele mesmo trouxesse o que achou, porque talvez haja perguntas a fazer.

Leblanc virou-se para o berbere.

– Bom trabalho – disse, falando agora na língua de seu interlocutor. – Você tem olhos de lince, meu caro. Mostre-nos o que descobriu.

De uma dobra de sua túnica branca o homem tirou um pequeno objeto e, dando um passo à frente, colocou-o sobre a mesa do francês. Era uma grande pérola artificial de coloração rosa-acinzentada.

– É igual à que foi mostrada para mim e para os outros – disse ele. – É valiosa e eu a achei.

Jessop esticou o braço e pegou a pérola. De seu bolso, tirou outra idêntica e examinou as duas. Depois, foi até a janela examiná-las com uma lente poderosa.

– Sim – disse –, tem a marca. – Havia alegria agora em sua voz. Voltou à mesa. – Boa menina – falou –, boa menina! Ela conseguiu!

Leblanc interrogava o marroquino numa rápida conversa em árabe. Por fim, virou-se para Jessop.

– Aceite minhas desculpas, *mon cher collègue* – disse ele. – Esta pérola foi encontrada a uma distância de cerca de *oitocentos metros* do avião incendiado.

– O que comprova – disse Jessop – que Olive Betterton escapou com vida e que, embora sete pessoas tenham partido de Fez no avião e sete corpos carbonizados tenham sido encontrados, um desses sete corpos certamente *não* era o dela.

– Vamos ampliar as buscas agora – disse Leblanc. Falou novamente com o berbere e o homem que o trouxera. – Ele será devidamente recompensado, conforme prometido – anunciou Leblanc –, e haverá uma caça a essas pérolas por todo o interior do país. Essa gente tem olhos de lince e notícia de boa recompensa circulará rapidamente entre eles. Acho... acho, *mon cher collègue*, que teremos bons resultados! Desde que não tenham descoberto o que ela estava fazendo.

Jessop sacudiu a cabeça.

– Seria algo natural – disse. – Um colar de bijuteria, parecido com os que a maioria das mulheres usa, arrebenta. A dona pega no chão as pérolas que consegue encontrar, guarda-as no bolso e, como o bolso está furado... Além disso, por que suspeitariam dela? Estamos falando de Olive Betterton, uma mulher ansiosa para reencontrar o marido.

– Precisamos reavaliar o caso sob uma nova ótica – disse Leblanc. Pegou a lista de passageiros. – Olive Betterton. Dr. Barron – disse, tirando os dois nomes. – Dois, pelo menos, que estão indo... não importa para onde. A americana, sra. Calvin Baker. Em relação a ela, não podemos concluir nada. Torquil Ericsson, como você disse, apresentou um trabalho na Royal Society. O americano, Peters, é descrito em seu passaporte como pesquisador químico. A *religieuse*... bem, seria um ótimo disfarce. Na verdade, temos um grupo de pessoas engenhosamente encaminhadas de pontos diferentes para viajar nesse avião naquele dia específico. Depois o avião é encontrado em chamas e, dentro dele, o número necessário de corpos carbonizados. Como será que eles conseguiram realizar tal façanha? *Enfin, c'est colossal*!

– Sim – concordou Jessop. – O convincente toque final. Mas sabemos que seis ou sete pessoas começaram uma jornada nova e sabemos de onde partiram. O que fazemos agora... vamos até lá?

– Exatamente – respondeu Leblanc. – Estabeleceremos nosso centro de operações. Se eu não estiver enganado, agora que estamos no caminho, conseguiremos novas informações.

– Se nossos cálculos estiverem certos – disse Jessop –, os resultados aparecerão.

Os cálculos eram muitos e complexos. A trajetória de um carro, a provável distância de reabastecimento, possíveis aldeias em que os viajantes pernoitaram. As pistas eram muitas e confusas, as decepções eram constantes, mas aqui e ali surgia um resultado positivo.

– *Voilà, mon capitaine*! Uma busca nos banheiros, como você ordenou. Num canto escuro do banheiro da casa de Abdul Mohammed foi encontrada uma pérola escondida num pedaço de goma de mascar. Ele e os filhos foram interrogados. A princípio negaram, mas acabaram confessando. Um grupo de seis pessoas, que diziam pertencer a uma expedição arqueológica alemã, passou a noite lá. Pagaram muito dinheiro para que não dissessem nada a ninguém, com a desculpa de que pretendiam fazer algumas escavações ilícitas. Crianças da aldeia de El Kaif também trouxeram mais duas pérolas. Agora sabemos em que sentido estão indo. E tem mais, *Monsieur le Capitaine*. A mão de Fátima foi vista, como você previu. Este sujeito aqui lhe contará a respeito.

"Este sujeito" era um berbere de aparência especialmente selvagem.

– Eu estava com o meu rebanho à noite – falou ele – e ouvi um carro. Quando passou por mim, vi o sinal: o contorno da mão de Fátima ao lado, brilhando na escuridão.

– A aplicação de material fosforescente numa luva

pode ser muito eficaz – murmurou Leblanc. – Parabéns, *mon cher*, pela ideia.

– É eficaz – disse Jessop –, mas perigosa. É facilmente notada pelos próprios fugitivos.

Leblanc deu de ombros.

– Não tem como ser vista à luz do dia.

– Não, mas se fizessem uma parada à noite e descessem do carro na escuridão...

– Mesmo assim... a Hamsá é uma conhecida superstição árabe. Costuma ser pintada em carretas e vagões. Pensariam apenas que um muçulmano devoto a tinha pintado com tinta fosforescente em seu carro.

– Tem razão. Mas precisamos estar alertas. Se os nossos inimigos perceberam o fato, é muito provável que tenham preparado uma pista falsa com mãos de Fátima em tinta fosforescente.

– Concordo. Precisamos estar sempre alerta. Sempre, sempre alerta.

Na manhã seguinte, Leblanc recebeu mais três pérolas falsas, dispostas em triângulo e presas em goma de mascar.

– Isso indica – disse Jessop – que a etapa seguinte da viagem foi em avião.

Olhou para Leblanc com ar interrogativo.

– Você está absolutamente certo – confirmou Leblanc. – Isso foi encontrado num campo de aviação militar abandonado, num lugar remoto e isolado. Havia indícios de que um avião pousara lá pouco tempo antes – encolheu os ombros. – Um avião desconhecido – disse – que depois levantou voo para destino ignorado. Isso nos leva a uma nova interrupção. Ficamos sem saber onde se encontra a próxima pista...

Capítulo 15

"É incrível", pensou Hilary, "que eu já esteja aqui há *dez dias*!". Era assustador constatar como nos adaptamos a qualquer situação na vida. Ela se lembrou de ter visto uma vez, na França, um aparelho de tortura da Idade Média, uma gaiola de ferro em que o prisioneiro era confinado sem poder deitar, sentar ou ficar em pé. O guia contou que o último homem que a ocupara estivera encerrado por dezoito anos e vivera mais vinte depois que foi liberado, morrendo de velhice. Essa capacidade de adaptação, pensou Hilary, era o que diferenciava o homem dos outros animais. O homem podia viver em qualquer clima, comer qualquer coisa, em qualquer condição, fosse ele escravo ou livre.

Nos primeiros dias na Unidade, Hilary sentira um pânico horrendo, uma terrível sensação de clausura e frustração, e o fato de a prisão ser camuflada pelo luxo tornara, de certo modo, a situação ainda mais insustentável para ela. Agora, após uma semana, já começava a aceitar as suas condições de vida como normais. Uma existência estranha. Parecia um sonho. Aquela atmosfera de irrealidade. Porém, Hilary sentia que aquele sonho começara há muito tempo e que duraria ainda muito mais. Talvez para sempre... Ela viveria sempre ali na Unidade. A vida era isso. Não havia nada do lado de fora.

A perigosa aceitação da realidade devia-se, em grande parte, ao fato de ela ser mulher, pensou Hilary. As mulheres eram mais adaptáveis por natureza. Esse era seu ponto forte e seu ponto fraco. Elas analisavam o meio, aceitavam-no e, realistas, procuravam adaptar-se para tirar o máximo proveito possível. O que mais a interessava eram as reações das pessoas que chegaram junto com ela. Mal viu Helga Needheim, exceto algumas vezes durante a refeição. Quando se encontravam, a alemã cumprimentava-a apenas com um aceno de cabeça. Helga Needheim parecia-lhe uma mulher feliz e satisfeita. Evidentemente, a Unidade correspondera às suas expectativas. Era o tipo de pessoa que se dedicava integralmente ao trabalho, amparada por sua arrogância natural. A superioridade dela e de seus colegas cientistas era o artigo número um de seu credo. Não tinha interesse na fraternidade entre os homens ou em uma era de paz, liberdade de pensamento e de expressão. Para ela, o futuro era limitado, mas promissor. A super-raça, à qual ela pertencia. O resto do mundo, na servidão, tratado com bondade condescendente, dependendo de seu comportamento. Se os seus companheiros de trabalho tinham visões diferentes, se suas ideias eram comunistas em vez de fascistas, Helga não reparava. Se trabalhavam bem, eram necessários, e suas ideias mudariam.

O dr. Barron era mais inteligente do que Helga Needheim. Hilary trocara algumas palavras com ele. Estava absorto em seu trabalho, muito satisfeito com as condições oferecidas, mas sua mente tipicamente francesa levava-o a fazer especulações sobre o ambiente em que se encontrava.

– Não era o que eu esperava. Francamente – disse ele certo dia –, *entre nous*, sra. Betterton, não gosto das condições de cárcere... e isto aqui é um cárcere... mas a gaiola, digamos assim, é bastante atraente.

– Aqui não existe a liberdade que o senhor procurava – disse Hilary.

Ele sorriu rapidamente, com certa tristeza.

– A senhora está enganada – disse. – Não vim procurar a liberdade. Sou um homem civilizado. O homem civilizado sabe que não existe isso. Só as nações mais jovens e menos esclarecidas colocam a palavra "liberdade" em sua bandeira. É necessário que haja um sistema de segurança planejado. E a essência da civilização é a vida moderada. O caminho do meio. Sempre voltamos à história do caminho do meio. Não. Serei franco. Vim para cá por causa do dinheiro.

Agora foi Hilary quem sorriu. Ergueu as sobrancelhas.

– E de que serve o dinheiro aqui?

– Para pagar o equipamento do laboratório, que é muito caro – respondeu o dr. Barron. – Não preciso tirar do meu próprio bolso. Desse modo, posso servir à causa da ciência e satisfazer minha curiosidade intelectual. É verdade que amo meu trabalho, mas não pelo bem da humanidade. Cheguei à conclusão de que aqueles que pensam assim são pessoas um tanto confusas e, geralmente, incompetentes. Não, o que valorizo é o puro prazer intelectual da pesquisa. De resto, deram-me uma boa quantia antes da minha partida da França. O dinheiro está seguro, guardado num banco sob outro nome, e no momento certo, quando tudo isso acabar, poderei gastá-lo como quiser.

– Quando tudo isso acabar? – repetiu Hilary. – Mas por que acabaria?

– Precisamos ter bom-senso – disse o dr. Barron. – Nada é permanente, nada dura para sempre. Cheguei à conclusão de que este lugar é dirigido por um louco. Um louco, a propósito, pode ser muito sensato. Uma pessoa rica, sensata e também louca pode manter sua ilusão por muito tempo. Mas no fim – encolheu os ombros – a coisa toda desmorona. Porque, veja bem, o que acontece aqui não é lógico! E tudo o que não é lógico acaba mal. Enquanto isso – encolheu os ombros de novo –, estou ótimo aqui.

Torquil Ericsson, que Hilary achou que ficaria profundamente desiludido, parecia estar muito contente na atmosfera da Unidade. Menos prático do que o francês, ele vivia em sua própria ingenuidade. O mundo que habitava era tão estranho para Hilary que ela não chegava a compreendê-lo. Engendrava-se ali uma espécie de felicidade austera, uma completa absorção em cálculos matemáticos e um horizonte infinito de possibilidades. A estranha e impessoal falta de piedade de seu caráter assustara Hilary. Ele era o tipo de jovem, pensou ela, que num surto de idealismo poderia aniquilar três quartos do mundo para que a quarta parte restante pudesse participar de uma utopia impraticável que só existia na mente de Ericsson.

Em relação ao americano, Andy Peters, Hilary sentia-se mais próxima. Possivelmente, pensou ela, porque Peters era talentoso, mas não um gênio. Pelo que os outros disseram, ele era um excelente químico, muito competente e cuidadoso, mas não um pioneiro. Peters, assim como Hilary, já odiara e temera o ambiente da Unidade.

– A verdade é que eu não sabia para onde estava indo – disse ele. – Pensei que soubesse, mas estava enganado. O Partido não tem nenhuma relação com este lugar. Não mantemos contato com Moscou. Isso aqui é uma organização isolada qualquer... possivelmente, uma organização fascista.

– Não acha que está dando muita importância para rótulos? – perguntou Hilary.

Ele ficou pensando.

– Talvez você tenha razão – disse. – Pensando bem, essas palavras que usamos indiscriminadamente não significam muito. Mas de uma coisa eu sei: quero sair daqui de qualquer maneira.

– Não será fácil – disse Hilary em voz baixa.

Eles estavam caminhando juntos após o jantar, perto das fontes do jardim do terraço. A escuridão da noite e o céu estrelado davam-lhes a impressão de estar nos jardins secretos de algum sultão. As construções funcionais, de concreto, não eram visíveis de onde estavam.

– Não – concordou Peters –, não será fácil, mas nada é impossível.

– Gosto de ouvir você dizendo isso – falou Hilary. – Ah, como eu gosto de ouvir você dizendo isso!

Ele olhou para ela com simpatia.

– Este lugar está lhe fazendo mal? – perguntou ele.

– Muito. Mas não é disso que tenho medo.

– Não? Então é de quê?

– Tenho medo de me acostumar com essa situação – disse Hilary.

– Sim – ele disse pensativo. – Sei o que você quer dizer. Há uma espécie de sugestionamento coletivo aqui. Acho que você tem razão.

– Parece-me que seria muito mais natural que as pessoas se rebelassem – disse Hilary.

– Sim, é claro. Pensei a mesma coisa. Aliás, já me perguntei uma ou duas vezes se não estão nos enfeitiçando.

– Enfeitiçando? Como assim?

– Para falar francamente, refiro-me a drogas.

– Usando algum tipo de entorpecente?

– Sim. É bem possível. Algo na comida ou na bebida que provoque... como direi?... docilidade.

– Mas existe algo que provoque isso?

– Bem, essa não é minha especialidade. Sei que existem substâncias que acalmam as pessoas, que as tranquilizam antes de uma operação, por exemplo. Se há alguma droga que pode ser administrada regularmente por longos períodos, e que ao mesmo tempo não interfira na eficiência, não sei. Estou mais inclinado a pensar que o efeito é produzido em um nível mental. O que quero dizer é o seguinte: alguns dos dirigentes e administradores daqui são especialistas em hipnose e psicologia, e acho que, sem percebermos, estamos sendo constantemente sugestionados no sentido de pensar que estamos felizes e que logo alcançaremos nosso objetivo final (seja ele qual for). Funciona mesmo. É incrível o que se pode conseguir com isso, principalmente quando o método é executado por quem entende do assunto.

– Mas não precisamos nos submeter – exclamou Hilary com veemência. – Não devemos pensar, nem por um minuto, que estamos felizes aqui.

– O que diz seu marido?

– Tom? Não sei. É tão difícil. Eu... – começou a dizer, mas calou-se.

Não podia contar a seu interlocutor sobre a vida fantasiosa que vinha levando. Vivia há dez dias num apartamento com um estranho. Dormiam no mesmo quarto e, nas noites de insônia, ouvia-o respirando na cama ao lado da sua. Os dois concordaram que a situação era inevitável. Ela era uma impostora, uma espiã, disposta a desempenhar qualquer papel e a se fazer passar por qualquer pessoa. Quanto a Tom Betterton, ela não o entendia. Parecia-lhe um terrível exemplo do que poderia acontecer a um jovem brilhante obrigado a viver alguns meses na enervante atmosfera da Unidade. De qualquer maneira, ele não aceitava resignadamente seu destino. Longe de ter prazer no trabalho, parecia cada vez mais preocupado pelo fato de não conseguir se concentrar no que fazia. Reafirmara mais de uma vez o que dissera no primeiro dia.

– Não consigo *pensar*. É como se eu estivesse vazio por dentro.

Sim, pensou ela, Tom Betterton, sendo um gênio, precisava de liberdade mais do que a maioria. O sugestionamento não havia compensado a perda de liberdade. Só em plena liberdade é que ele podia produzir, criar.

Estava à beira de um colapso nervoso. Tratava Hilary com curiosa indiferença. Para ele, Hilary não era uma mulher e nem sequer uma amiga. Ela chegava a duvidar se ele tinha realmente sofrido pela morte da mulher. O que realmente o preocupava era o problema do confinamento. Vivia dizendo:

– Tenho que sair daqui. Preciso sair. – E às vezes: – Eu não sabia. Não tinha a mínima ideia de como seria. Como vou sair daqui? Como? Preciso sair. Tenho que sair.

Era, em essência, o que Peters havia dito, mas num contexto muito diferente. Peters era um jovem cheio de energia e furioso, estava desiludido, mas tinha confiança em si mesmo e parecia disposto a enfrentar com sua inteligência os cérebros do estabelecimento em que se encontrava. As palavras de rebeldia de Tom Betterton, por outro lado, eram as de um homem no limite de sua resistência, de um homem que enlouquecia pela necessidade de fugir. Mas era bem possível, pensou Hilary subitamente, que ela e Peters terminassem na mesma situação dentro de seis meses. O que começara como rebelião natural e uma boa dose de autoconfiança acabaria transformando-se no desespero frenético de um rato numa ratoeira.

Quem dera pudesse falar tudo isso para o homem que estava a seu lado. Se ao menos pudesse dizer: "Tom Betterton não é meu marido. Nada sei sobre ele. Não sei como era antes de vir para cá e, portanto, estou às escuras. Não tenho como ajudá-lo, porque não sei o que fazer ou dizer". Na situação em que estava, precisava escolher cuidadosamente as palavras. Então disse:

– Tom parece um estranho para mim agora. Ele não me conta mais nada. Às vezes, acho que o confinamento, a sensação de estar encurralado aqui, está levando-o à loucura.

– É possível – disse Peters ríspido. – Pode ter esse efeito.

– Mas, me diga uma coisa, você que fala com tanta segurança em sair daqui. Como conseguiremos sair? Que chance pode haver?

– Não digo que sairemos depois de amanhã, Olive. Precisamos planejar a fuga. Existem exemplos de pessoas que escaparam em condições bastante adversas. Muitos escritores, dos dois lados do Atlântico, escreveram livros sobre fugas de fortalezas na Alemanha.

– Mas a situação era muito diferente.

– Na essência não. Onde há uma entrada tem que haver também uma saída. Evidentemente, cavar um túnel está fora de cogitação no nosso caso, o que reduz bastante as possibilidades. Mas, como já disse, onde há uma entrada tem que haver também uma saída. Com um pouco de perspicácia, camuflagem, fingimento, simulação, suborno e corrupção, podemos conseguir. Precisamos estudar a situação. Uma coisa eu garanto: eu *sairei* daqui. Pode escrever.

– Acredito – disse Hilary, acrescentando: – Mas e eu?

– Bem, no seu caso é diferente.

Sua voz denotava constrangimento. Por um momento, ela ficou sem saber o que ele queria dizer. Depois, percebeu que seu objetivo supostamente já havia sido alcançado. Viera para ficar ao lado do homem que amava e, sendo assim, não deveria ter tanta necessidade de fugir. Sentiu-se tentada a contar toda a verdade a Peters, mas um instinto de precaução a impediu.

Desejou boa noite e retirou-se.

Capítulo 16

I

– Boa noite, sra. Betterton.

– Boa noite, srta. Jennson.

A moça esguia, de óculos, parecia animada. Seus olhos brilhavam por trás das lentes grossas.

– Haverá uma reunião hoje à noite – disse. – Será conduzida pelo *próprio diretor*!

Falava com uma voz quase abafada.

– Que bom – disse Andy Peters, que estava perto. – Estava ansioso para conhecer esse diretor.

A srta. Jennson lançou-lhe um rápido olhar de surpresa e reprovação.

– O diretor – disse ela com austeridade – é uma pessoa maravilhosa.

Quando ela saiu por um dos inevitáveis corredores brancos, Andy Peters silvou baixinho.

– Foi impressão minha ou havia um tom de *Heil Hitler* na postura dela?

– Havia, sim. Pelo menos parecia.

– O problema na vida é que nunca sabemos realmente para onde estamos indo. Se eu soubesse, quando saí dos Estados Unidos cheio de entusiasmo juvenil pela velha causa da fraternidade entre os homens, que viria a cair nas garras de mais um desses benditos ditadores... – ergueu os braços.

– Você ainda não sabe – lembrou Hilary.

– Mas já sinto o cheiro no ar – disse Peters.

– Fico tão feliz que você esteja aqui! – exclamou ela, corando frente ao olhar inquisidor dele. – Você é tão agradável, tão comum – explicou meio sem jeito.

Peters achou graça.

– No meu país – disse – a palavra “comum” não tem o mesmo sentido. Pode significar que uma pessoa é ordinária.

– Você sabe que eu não quis dizer isso. Quis dizer que você é igual a todo mundo. Meu Deus, isso também pode parecer grosseiro.

– Então você está atrás do homem comum? Já se cansou de gênios.

– Sim. E você também mudou depois de vir para cá. Perdeu aquele traço de amargura, de ódio.

Ele ficou sério de repente.

– Não esteja certa disso – disse. – Ainda está lá, só que escondido. Ainda sinto ódio. Algumas coisas *devem* ser odiadas, pode acreditar.

II

A reunião, como a srta. Jennson a chamara, aconteceu depois do jantar. Todos os membros da Unidade reuniram-se na grande sala de conferências.

A audiência não incluía o que poderia se chamar “equipe técnica”: assistentes de laboratório, o corpo de balé, o pessoal dos diversos serviços e o pequeno grupo de lindas prostitutas que trabalhavam na Unidade atendendo às necessidades sexuais dos homens que não estavam com a esposa, ou que não tivessem estabelecido contato com as funcionárias.

Sentada perto de Betterton, Hilary esperava com grande curiosidade a chegada ao palanque da figura quase mítica do diretor. Interpelado por ela, Tom Betterton dera respostas vagas e pouco satisfatórias a respeito da personalidade do homem que controlava a Unidade.

– Não tem nenhum atrativo especial – disse –, mas sua presença causa um tremendo impacto. Na verdade, só o vi duas vezes. Ele não aparece com frequência. Dá para ver que é um homem extraordinário, mas, francamente, não sei explicar *por quê*.

Pelo modo reverente com que a srta. Jennson e algumas das outras mulheres falavam dele, Hilary tinha formado uma vaga imagem mental de um homem alto, de barba loura e túnica branca... uma espécie de deidade.

Ficou quase alarmada quando a audiência levantou-se e um sujeito moreno, corpulento, de meia-idade, subiu calmamente no palanque. Sua aparência não tinha nada de especial. Podia perfeitamente se fazer passar por um homem de negócios da parte central da Inglaterra. Não era possível adivinhar sua nacionalidade. Falou com o público em três línguas, alternadamente, e sem repetir o que dizia. Os idiomas que usou foram francês, alemão e inglês, falando os três com igual fluência.

– Em primeiro lugar – começou –, gostaria de dar as boas-vindas aos novos colegas que vieram juntar-se a nós.

Proferiu algumas palavras elogiosas a cada um dos recém-chegados.

Em seguida, falou dos objetivos e convicções da Unidade.

Mais tarde, tentando reconstruir seu discurso mentalmente, Hilary reparou que não conseguia se lembrar, com exatidão, de suas palavras. Talvez fosse porque as palavras de que lembrava pareciam banais. Mas ouvi-las era algo muito diferente.

Hilary recordou-se do que lhe contara uma amiga que vivera na Alemanha no período pré-guerra, que um dia, por mera curiosidade, fora a um comício ouvir "aquele Hitler absurdo" e acabou chorando copiosamente, tomada de emoção. Incrível como cada palavra sábia e inspiradora, na lembrança, parecia tão comum.

Algo parecido acontecia agora. Mesmo sem querer, Hilary sentia-se comovida e exaltada. O diretor falou com muita simplicidade. Falou especialmente da juventude. O futuro da humanidade estava nas mãos dos jovens.

– Riqueza acumulada, prestígio, famílias influentes... essas foram as forças do passado. Hoje, o poder está nas mãos da juventude. O poder está nos cérebros. Os cérebros dos químicos, dos físicos, dos médicos... Dos laboratórios vem o poder de destruição em larga escala. Com esse poder é possível dizer: "Rendam-se ou morram!". Tal poder não deve ser conferido a esta ou àquela nação. O poder deve permanecer nas mãos de quem o criou. Esta Unidade é o ponto de reunião do poder do mundo inteiro. Vocês vieram de todas as partes do mundo, trazendo na bagagem seu conhecimento científico e sua força criadora. E, com vocês, veio a *juventude*! Ninguém aqui tem mais de 45 anos. No dia certo, criaremos um Conselho. O conselho dos Cérebros Científicos. E governaremos o mundo. Daremos ordens a capitalistas, a reis, a exércitos e a indústrias. Daremos ao mundo a *Pax Scientifica.*

E não parou por aí. O discurso continuou... inebriante... não pelas palavras em si, mas pela força do orador, capaz de conquistar uma plateia que poderia ter sido fria e crítica não fosse o arrebatamento causado por aquela emoção indescritível.

O diretor concluiu abruptamente:

– Coragem e vitória! Boa noite!

Hilary saiu do salão meio cambaleante, como se estivesse num sonho elevado, e notou o mesmo sentimento no rosto das pessoas à sua volta. Reparou principalmente em Ericsson, seus olhos claros brilhando, a cabeça erguida pela exultação.

Nesse momento, sentiu a mão de Andy Peters em seu braço, e ele disse em seu ouvido:

– Vamos para o terraço. Precisamos de um pouco de ar.

Subiram em silêncio no elevador e saíram entre as palmeiras, sob as estrelas. Peters respirou fundo.

– Sim – exclamou. – É disso que precisamos. Ar para dissipar as nuvens da glória.

Hilary suspirou profundamente. Ainda se sentia num mundo irreal.

Ele a sacudiu ligeiramente pelo braço.

– Acorde, Olive.

– Nuvens de glória – repetiu Olive. – Sabe... foi isso *mesmo*!

– Seja uma mulher realista, com os pés no chão! Quando o efeito do gás venenoso da glória passar, você se dará conta de que ouviu as mesmas tolices de sempre.

– Mas foi admirável... digo, um ideal admirável.

– Que se danem os ideais! Atenha-se aos fatos. Juventude e cérebros... glória, glória, aleluia! E quem representa a juventude e os cérebros? Helga Needheim, uma egoísta sem escrúpulos. Torquil Ericsson, um sonhador carente de espírito prático. O dr. Barron, que venderia a avó a um matadouro a fim de comprar equipamento para seu laboratório. Eu, por exemplo, um indivíduo comum, como você mesma disse, competente com um tubo de ensaio ou um microscópio, mas sem o menor talento para administrar um escritório e muito menos um mundo! O seu marido... sim, vou falar... um homem com os nervos em frangalhos, que não consegue pensar em nada a não ser no medo de um dia ser punido. Mencionei as pessoas que conhecemos melhor... mas todos aqui são iguais... ou ao menos os que já conheço. Gênios, alguns, excelentes em sua área de atuação... mas como dirigentes do Universo... só rindo! Um absurdo pernicioso tudo isso que ouvimos.

Hilary sentou-se no parapeito de concreto. Passou a mão na testa.

– Quer saber? Acho que você tem razão... Mas as nuvens da glória ainda estão no ar. Como é que ele consegue? Será que ele acredita no que diz? Deve acreditar.

Peters comentou em tom de lamento:

– No final, é sempre a mesma coisa: um louco que julga ser Deus.

Hilary disse lentamente:

– Acho que sim. E mesmo assim... a explicação não parece ser muito satisfatória.

– Mas acontece, minha cara. No decorrer da história, já aconteceu várias vezes. E pega as pessoas. Quase fui pego hoje à noite. Você caiu na armadilha. Se eu não a tivesse arrastado para cá... – Seu comportamento mudou de repente. – Acho que não devia ter feito isso. O que Betterton dirá? Vai achar estranho.

– Acho que não. Talvez nem repare.

Ele a olhou com curiosidade.

– Sinto muito, Olive. Deve ser um inferno, para você, ver seu marido decaindo assim.

Hilary falou com urgência na voz:

– Precisamos sair daqui. Temos que sair. De qualquer maneira.

– Sairemos.

– Você já falou isso, mas não demos nem um passo nessa direção.

– Demos, sim. Não estou parado.

Ela o olhou com surpresa.

– Não tenho um plano preciso, mas já dei início a algumas atividades subversivas. Há muito descontentamento aqui, muito mais do que o nosso semideus, o *Herr Direktor*, sabe. Entre os membros mais humildes da Unidade. Comida, dinheiro, luxo e mulheres não são tudo. Vou tirá-la daqui algum dia, Olive.

– E o Tom também?

Peters ficou sério.

– Escute, Olive, e acredite no que digo. Para Tom, será melhor ficar aqui. Ele está... – hesitou em dizer – mais seguro aqui do que lá fora.

– Mais seguro? Que expressão curiosa.

– Mais seguro – repetiu Peters. – Usei essas palavras de propósito.

Hilary franziu a testa.

– Não compreendo o que você quer dizer. Tom não está... Você acha que ele está ficando louco?

– De modo algum. Está muito nervoso, mas é tão equilibrado quanto nós dois.

– Então por que você diz que ele estará mais seguro aqui?

Peters respondeu vagarosamente:

– Uma jaula é um lugar muito seguro para se estar.

– Ah, não! – exclamou Hilary. – Não me diga que você também caiu nessa. Não me diga que esse hipnotismo em massa ou sugestionamento também o pegou. Seguro, domesticado, satisfeito! *Temos* que nos rebelar! Temos que desejar ser livres!

Peters falou sem pressa:

– Eu sei, mas...

– Tom, no fundo, quer desesperadamente sair daqui.

– Talvez Tom não saiba o que é melhor para ele.

Subitamente, Hilary lembrou-se do que Tom insinuara certa vez. Se ele tivesse divulgado informações secretas, estaria sujeito a ser processado conforme as leis de proteção de informações oficiais... era isso, com certeza, que Peters queria dizer e não sabia como. Mas

Hilary não tinha dúvidas. Melhor cumprir pena na prisão do que ficar ali.

– Tom também deve vir – disse obstinadamente.

Ficou perplexa quando Peters, em tom amargo, disse:

– Você é que sabe. Depois não diga que não avisei. Não sei por que você ama tanto esse homem.

Ela o encarou consternada. Teve de conter as palavras que lhe vieram aos lábios. O que realmente queria dizer era: "Não o amo. Ele não significa nada para mim. Era casado com outra mulher, e eu devo cumprir uma promessa feita a ela. Seu bobo, se há alguém que eu ame é *você*...".

III

– Divertiu-se com o americano comportado?

Tom Betterton jogou a pergunta no ar quando ela voltou ao quarto. Ele estava deitado na cama, fumando.

Hilary enrubesceu ligeiramente.

– Chegamos aqui juntos – explicou ela – e temos a mesma opinião sobre alguns assuntos.

Ele riu.

– Não a estou culpando – pela primeira vez ele a olhou diferente, com interesse. – Você é uma mulher bonita, Olive – disse.

Desde o início, Hilary insistira para que ele a chamasse pelo nome de sua mulher.

– Sim – continuou ele, olhando-a de cima a baixo. – Você é uma mulher muito bonita. Antigamente, teria reparado na hora. Nas atuais circunstâncias, nada disso parece ter qualquer influência sobre mim.

– Talvez seja melhor assim – falou Hilary secamente.

– Sou um homem perfeitamente normal, minha cara, ou pelo menos era. Só Deus sabe o que sou agora.

Hilary sentou-se a seu lado.

– O que está acontecendo com você, Tom? – perguntou.

– Vou dizer. Não consigo me concentrar. Como cientista, estou destruído. Este lugar...

– Os outros, ou a maioria, não parecem sentir o mesmo que você.

– Porque são uns insensíveis, imagino.

– Alguns são bastante temperamentais – lembrou Hilary friamente. E continuou: – Se ao menos você tivesse um amigo aqui... um amigo de verdade.

– Bem, tem o Murchison, embora ele seja meio apagado. E tenho conversado bastante com Torquil Ericsson nos últimos tempos.

– Verdade? – por algum motivo, Hilary ficou surpresa.

– Sim. Nossa, ele é brilhante. Quem dera eu tivesse um cérebro como o *dele*!

– Ele é um sujeito estranho – disse Hilary. – Sempre o achei assustador.

– Assustador? Torquil? Ele é manso como um cordeiro. Chega a ser infantil em alguns aspectos. Não sabe nada sobre o mundo.

– Para *mim*, ele é assustador – repetiu Hilary obstinadamente.

– Seus nervos também estão ficando abalados.

– Ainda não, mas estou me encaminhando para isso. Tom... não se aproxime muito de Torquil Ericsson.

Ele a encarou.

– Por quê?

– Não sei. É um pressentimento.

Capítulo 17

I

Leblanc encolheu os ombros.

– Eles saíram da África. Isso é certo.

– Não temos *certeza*.

– As probabilidades apontam nessa direção – o francês sacudiu a cabeça. – Afinal de contas, sabemos para onde eles devem ter se dirigido, não sabemos?

– Se eles foram para onde pensamos, por que começar a viagem da África? Qualquer lugar da Europa seria mais simples.

– É verdade. Mas há um outro lado. Ninguém pensaria que eles se reuniriam e partiriam daqui.

– Ainda acho que há mais coisa além disso – Jessop insistia sem pressionar. – Até porque só um avião pequeno poderia usar aquele campo de aviação. Eles teriam que pousar para reabastecer antes de atravessar o Mediterrâneo e deixariam algum vestígio no lugar em que aterrissaram.

– *Mon cher*, temos realizado buscas rigorosas... em todos os lugares...

– Os homens com os contadores Geiger acabarão descobrindo alguma coisa. O número de aviões a rastrear é limitado. Apenas um sinal de radioatividade e saberemos que é o avião que procuramos...

– Se o seu agente tiver conseguido usar o pulverizador... Droga! "Se" isso, "se" aquilo...

– Chegaremos lá – disse Jessop, seguro do que dizia. – A única coisa...

– Sim?

– Presumimos que eles foram para o *norte*, em direção ao Mediterrâneo. Mas suponha, em vez disso, que eles tenham ido para o *sul*.

– Voltando atrás? Porém, nesse caso, para *onde* eles poderiam ter ido? Existem as montanhas do Alto Atlas... e depois as areias do deserto.

II

– Sidi, jura que será como prometido? Ganharei um posto de gasolina em Chicago, nos Estados Unidos? Está garantido?

– Garantido, Mohammed, se conseguirmos sair daqui.

– Isso depende da vontade de Alá.

– Esperemos, então, que a vontade de Alá seja que você tenha um posto de gasolina em Chicago. Por que Chicago?

– Sidi, o irmão da minha mulher foi para os Estados Unidos, e ele tem um posto de gasolina em Chicago. Por que vou passar a vida inteira num lugar tão atrasado? Aqui há dinheiro, fartura de comida, muitos tapetes e mulheres... mas falta modernidade. Não é como nos Estados Unidos.

Peters olhou pensativo para o rosto negro e sério do rapaz. Mohammed, com sua túnica branca, era um tipo magnífico. Que estranhos desejos brotavam no coração humano!

– Não sei se você está sendo prudente – disse com um suspiro –, mas que assim seja. Evidentemente, se formos descobertos...

Um sorriso no rosto escuro de Mohammed revelou lindos dentes brancos.

– É morte na certa... ao menos para mim. Talvez não para o senhor, Sidi, que é um homem importante.

– Aqui as pessoas matam por qualquer motivo, não?

Mohammed deu de ombros com desdém.

– O que é a morte? Isso também está nas mãos de Alá.

– Você sabe o que deve fazer?

– Sei, sim, Sidi. Devo levá-lo ao terraço depois que escurecer. Também devo levar ao seu quarto roupas iguais às que eu e os outros criados usamos. Depois, haverá mais instruções.

– Isso. Melhor sair do elevador agora. Alguém pode perceber que estamos andando para cima e para baixo. Podem suspeitar.

III

Havia dança naquela noite. Andy Peters dançava com a srta. Jennson. Ele a mantinha bem perto e parecia sussurrar algo em seu ouvido. Quando o par, girando lentamente, passou pelo ponto em que Hilary estava, ele a viu e piscou o olho de modo ostensivo.

Hilary, mordendo os lábios para não rir, desviou rapidamente o olhar.

Viu Betterton do outro lado do salão, conversando com Torquil Ericsson. Franziu a testa.

– Quer dançar comigo, Olive? – ouviu a voz de Murchison.

– É claro, Simon.

– Mas não repare que não sou um bom dançarino – avisou.

Hilary concentrou-se em manter os pés onde ele não pudesse pisar.

– É um bom exercício, isso sim – disse Murchison um pouco ofegante. Dançava energicamente.

– Lindo vestido o seu, Olive.

Suas palavras sempre pareciam saídas de um romance antigo.

– Fico feliz que tenha gostado – disse Hilary.

– Conseguiu no departamento de moda?

Resistindo à tentação de responder "Onde mais poderia ter sido?", Hilary respondeu simplesmente "Sim".

– Devemos reconhecer – disse Murchison, que ofegava, girando pelo salão – que eles são ótimos. Estava falando com Bianca outro dia. Isso aqui é melhor que o Estado assistencial. Não precisamos nos preocupar com dinheiro, imposto de renda, consertos ou manutenção de casa. Eles fazem tudo. Deve ser uma vida maravilhosa para as mulheres.

– Bianca acha isso?

– Bem, no início ela ficou um pouco inquieta, mas agora conseguiu organizar alguns grupos e eventos... debates, palestras etc. Reclamou que você não participa tanto quanto poderia.

– Não sou desse tipo, Simon. Nunca fui muito sociável.

– Sim, mas vocês mulheres precisam distrair-se. Não exatamente *distrair-se*...

– Ocupar-se? – sugeriu Hilary.

– Isso! O que estou dizendo é que as mulheres modernas gostam de ter alguma atividade. Sei que mulheres como você e Bianca fizeram um grande sacrifício vindo para cá... nenhuma de vocês é cientista, graças a Deus. Essas mulheres cientistas... são quase todas o cúmulo! Falei com Bianca: Olive precisa de tempo para se enturmar. Demora um pouco até nos acostumarmos com este lugar. No começo, sentimo-nos um pouco claustrofóbicos. Mas depois passa... um dia passa...

– Ou seja, o ser humano é capaz de se acostumar a tudo.

– Bem, algumas pessoas sentem mais do que outras. Tom, por exemplo, parece sentir muito. Cadê o velho Tom? Ah, está ali, com Torquil. São inseparáveis esses dois.

– Preferia que não fossem. Quer dizer, não me parecia que tivessem muita coisa em comum.

– O jovem Torquil está fascinado por seu marido. Segue-o por toda parte.

– Já reparei. Mas por quê?

– Bem, ele tem sempre uma teoria fantástica para contar a alguém... eu não consigo entendê-lo... seu inglês não é muito bom. Mas Tom o ouve e parece entender tudo.

A dança terminou. Andy Peters apareceu e convidou Hilary para a próxima.

– Observei-a sofrendo por uma boa causa – disse ele. – Foi muito pisada?

– Não, sou ágil.

– Percebeu que eu fazia meu trabalho?

– Com a Jennson?

– Sim. Creio que posso dizer, modéstia à parte, que fiz sucesso. Essas moças sem beleza, de feições angulosas e míopes, reagem imediatamente quando são bem-tratadas.

– Parecia mesmo que você estava encantado por ela.

– Essa era a ideia. Essa moça, Olive, se for tratada com jeito, pode ser muito útil. Ela está a par de todos os assuntos daqui. Por exemplo, amanhã deve chegar um grupo de pessoas muito importantes: doutores, representantes do governo e um ou dois ricos patrocinadores.

– Andy, você acha que existe a chance...

– Não. Eles tomarão precauções. Não alimente falsas esperanças. Mas vai ser bom, porque teremos uma ideia dos procedimentos. E na próxima oportunidade... bem, de repente conseguimos alguma coisa. Enquanto

Jennson estiver comendo na minha mão, poderei obter muitas informações interessantes.

– O que sabem as pessoas que chegarão?

– Sobre *nós*... a Unidade, digo... absolutamente nada. Ou pelo menos é o que acho. Eles apenas inspecionam o local e os laboratórios de pesquisas médicas. Este lugar foi propositalmente construído como um labirinto para que nenhum visitante tenha ideia de seu tamanho real. Creio que há espécies de comportas que podem isolar totalmente nosso setor.

– Parece *inacreditável*.

– Eu sei. Durante metade do tempo, sentimos que estamos sonhando. Uma das coisas estranhas daqui é que não vemos nenhuma criança. Graças a Deus. Você deveria agradecer por não ter filhos.

Ele sentiu o corpo dela endurecer ao ouvir essas palavras.

– Perdão... falei o que não devia! – desculpou-se, conduzindo-a para uma cadeira fora da pista de dança.

– Sinto muito – repetiu. – Eu a magoei, não?

– Tudo bem... não é sua culpa. Eu já tive uma filha... mas ela morreu.

– Você tinha uma filha? – encarou-a surpreso. – Achei que estivesse casada com Betterton há apenas seis meses.

Olive corou e disse logo em seguida:

– Sim. Mas fui casada antes. Divorciei-me do meu primeiro marido.

– Compreendo. Isso é o pior deste lugar: não sabemos nada sobre a vida das pessoas antes de sua chegada e acabamos falando besteira. Às vezes, acho estranho pensar que não sei nada a seu respeito.

– Nem eu sei de você. Como foi criado... onde... sua família...

– Fui criado num ambiente estritamente científico. Alimentado com tubos de ensaio, por assim dizer. Não se falava em outro assunto. Mas nunca fui o geniozinho da família. A genialidade estava em outro lugar.

– Onde exatamente?

– Numa menina. Ela era brilhante. Poderia ter sido outra Marie Curie, desbravado novos horizontes.

– E o que aconteceu com ela?

– Foi morta – respondeu ele laconicamente.

Hilary imaginou alguma tragédia dos tempos de guerra.

– Você gostava dela? – perguntou com delicadeza.

– Mais do que já gostei de qualquer outra pessoa.

Ele voltou à realidade de repente.

– Mas que droga... já bastam os problemas que temos no presente, agora mesmo. Veja só o nosso amigo norueguês. Tirando os olhos, parece feito de madeira. E quando faz aquela reverência com o corpo? Parece uma marionete.

– É porque ele é alto e magro demais.

– Não é tão alto assim. Deve ter minha altura... 1 metro e 82, no máximo.

– A altura engana.

– É verdade. Como a descrição no passaporte. Ericsson, por exemplo. Altura: 1 metro e 82, cabelo louro, olhos azuis, rosto comprido, postura rígida, nariz médio, boca comum. Mesmo acrescentando o que o passaporte não diz: fala corretamente, mas de maneira pedante... não teríamos a mínima ideia de como Torquil realmente é. O que houve?

– Nada.

Ela olhava fixo para Ericsson, que estava do outro lado do salão. Aquela descrição de Boris Glydr! Quase exatamente o que dissera Jessop. Seria por *isso* que ela sempre ficava nervosa na presença de Torquil Ericsson? Será que...

Virando-se abruptamente para Peters, ela perguntou:

– Tem certeza de que ele *é* Ericsson? Poderia ser outra pessoa?

Peters encarou-a estupefato.

– Outra pessoa? Quem?

– Digo... não poderia ter vindo para cá fingindo ser Ericsson?

Peters ficou pensando.

– Acho... que não. Não creio que seria viável. Ele teria que ser um cientista... e, em todo caso, Ericsson é bastante conhecido.

– Mas ninguém aqui o viu antes... ou seja, ele pode ser Ericsson aqui, mas ser também outra pessoa.

– Você está dizendo que Ericsson poderia ter uma espécie de vida dupla? Isso sim é possível, imagino. Mas me parece pouco provável.

– Tem razão – disse Hilary. – É pouco provável mesmo.

É evidente que Ericsson não era Boris Glydr. Mas por que Olive Betterton tinha insistido tanto em prevenir Tom contra Boris? Seria porque ela sabia que Boris *estava a caminho da Unidade*? E se o homem que viera a Londres dizendo ser Boris Glydr não fosse Boris Glydr? E se ele fosse, na verdade, *Torquil Ericsson*? A descrição batia. Desde que chegara à Unidade, ele concentrara sua atenção em Tom. Hilary tinha certeza de que Ericsson era uma pessoa perigosa... como saber o que se passava por trás daqueles olhos claros e sonhadores?

Ela estremeceu.

– O que houve, Olive? O que está acontecendo?

– Nada. Veja. O diretor adjunto vai falar.

O dr. Nielson erguia a mão, pedindo silêncio. Falou ao microfone no palco do salão.

– Amigos e colegas. Amanhã, vocês deverão permanecer no setor de emergência. Por favor, reúnam-se às onze da manhã. Faremos uma lista de chamada. O serviço de emergência durará apenas 24 horas. Lamento pelo incômodo. Colocamos um aviso no quadro.

Retirou-se, sorrindo. A música recomeçou.

– Preciso falar com Jennson de novo – disse Peters. – Ali está ela, séria, perto da coluna. Quero saber como são essas acomodações de emergência.

Ele se afastou. Hilary ficou lá, pensando. Estaria imaginando coisas sem nexo? Torquil Ericsson? Boris Glydr?

IV

A chamada aconteceu na grande sala de conferências. Todos estavam presentes e responderam quando seu nome foi mencionado. Depois, formando uma longa fila, começaram a caminhar.

O caminho, como sempre, seguia por um labirinto de corredores. Hilary, andando ao lado de Peters, sabia que ele tinha uma pequena bússola escondida na mão. Desse modo, discretamente, ele calculava a direção de seu trajeto.

– Não adianta muito – lamentou em voz baixa. – Pelo menos, não agora. Mas pode ajudar... em algum momento.

No final do corredor por onde passavam havia uma porta, e o grupo parou até a porta ser aberta.

Peters tirou a cigarreira do bolso, mas, imediatamente, a voz de Van Heidem fez-se ouvir, alta e peremptória.

– Não fumem, por favor. Isso já foi avisado.

– Desculpe-me, senhor.

Peters parou, com a cigarreira na mão. Depois, todos prosseguiram.

– Parece um monte de carneirinhos – comentou Hilary, com repugnância.

– Ânimo – murmurou Peters. – Bééé! Bééé! Há uma ovelha negra no rebanho querendo se rebelar.

Ela lançou-lhe um olhar agradecido e sorriu.

– O dormitório das mulheres fica à direita – informou a srta. Jennson.

Conduziu as mulheres na direção indicada.

Os homens foram para a esquerda.

O dormitório era uma grande sala de aspecto asséptico como o de uma enfermaria. Tinha muitas camas, uma ao lado da outra, com cortinas de plástico que podiam ser corridas para a privacidade de seus ocupantes. Junto a cada cama, havia um pequeno armário.

– As acomodações são bem simples – disse a srta. Jennson –, mas funcionais. Os banheiros ficam ali, à direita. A área comum da sala de estar fica atrás daquela porta, no fundo.

A área comum da sala de estar, onde todos se encontraram de novo, era modestamente mobiliada, como a sala de espera de um aeroporto... Havia um bar e um balcão de um lado e uma estante de livros do outro.

O dia foi bastante agradável. Exibiram dois filmes numa pequena tela portátil.

A iluminação era do tipo “luz do dia” para disfarçar o fato de não haver janelas. Quando começou a escurecer, acenderam um conjunto de lâmpadas que produzia uma luz suave e discreta, como a da noite.

– Inteligente – disse Peters com admiração. – Ajuda a diminuir a sensação de estar sendo emparedado vivo.

Estavam desamparados, pensou Hilary. Em algum lugar, bem perto deles, encontrava-se um grupo de pessoas do mundo exterior. Contudo, não havia como se comunicar, como pedir ajuda. Tudo ali havia sido impiedosa e eficientemente planejado.

Peters estava sentado com a srta. Jennson. Hilary propôs aos Murchison uma partida de bridge. Tom Betterton não quis. Disse que não conseguia se concentrar, mas o dr. Barron concordou em ser o quarto jogador.

Por incrível que pareça, Hilary gostou de jogar. Já eram onze e meia quando terminaram a terceira rodada, sendo Hilary e o dr. Barron os vencedores.

– Gostei desse jogo – comentou Hilary, olhando para o relógio. – Já é tarde. Imagino que os visitantes de honra já tenham ido embora a essa hora, ou será que eles passarão a noite aqui?

– Não sei muito bem – respondeu Simon Murchison. – Creio que um ou dois dos médicos mais interessados ficarão. Mas todos terão partido até amanhã ao meio-dia.

– E então seremos liberados?

– Sim. E já será tarde. Esse tipo de coisa atrapalha toda a nossa rotina.

– Mas foi tudo bem organizado – disse Bianca em tom de aprovação.

Ela e Hilary levantaram-se e deram boa-noite para os homens. Hilary ficou um pouco atrás para deixar Bianca entrar na penumbra do dormitório. Neste momento, sentiu que lhe tocavam levemente no braço.

Virou-se rapidamente e deparou-se com um dos criados altos e morenos do seu lado.

Murmurou em francês, com urgência na voz:

– *S'il vous plaît, madame*, a senhora deve me acompanhar.

– Acompanhar? Acompanhar para onde?

– Por favor, venha comigo.

Ela ficou sem saber o que fazer por um momento.

Bianca tinha entrado no dormitório. Na sala de estar, ainda havia algumas pessoas conversando.

Sentiu novamente aquele toque leve e insistente em seu braço.

– A senhora virá comigo, madame.

Ele deu alguns passos, parou e olhou para ela, chamando-a. Ainda relutante, Hilary o seguiu.

Notou que esse criado em particular estava muito mais bem-vestido do que os outros. Sua túnica era bordada com fios de ouro.

Ele a conduziu até uma pequena porta num canto da sala e, depois, pelos infindáveis e anônimos corredores brancos. Pareceu a Hilary que não seguiam o mesmo caminho pelo qual tinham vindo ao setor de emergência, mas era difícil ter certeza, porque os corredores eram todos parecidos. Ela tentou fazer uma pergunta, mas o guia acenou que não com a cabeça, sem paciência, e andou mais depressa.

Pararam no fim de um corredor, e ele apertou um botão na parede. Um painel se abriu, revelando um pequeno elevador. O criado fez um gesto para que ela entrasse, entrou também e o elevador começou a subir.

Hilary perguntou com rispidez:

– Para onde você está me levando?

Os olhos escuros do guia fitaram-na numa espécie de séria reprovação.

– Ao chefe, madame. É uma grande honra para a senhora.

– Quer dizer, ao diretor.

– Ao chefe...

O elevador parou. Ele abriu a porta e fez um gesto para que ela saísse. Seguiram um outro corredor e chegaram a uma porta. O guia bateu e a porta foi aberta. Encontraram outro criado com túnica branca bordada de ouro e rosto negro impassível.

O homem conduziu Hilary pela antessala acarpetada de vermelho e afastou uma cortina de contas para eles passarem. Hilary entrou e viu-se, inesperadamente, num ambiente quase oriental. Havia divãs, mesas de café e um ou dois belos tapetes pendurados na parede. Sentada num divã baixo, encontrou uma pessoa que ela fitou com absoluta incredulidade. Pequeno, amarelo e enrugado, lá estava, sorrindo para ela, o velho sr. Aristides.

Capítulo 18

– *Asseyez-vous, chère madame* – disse o sr. Aristides. Fez um gesto com sua pequena mão, que parecia uma garra, e Hilary, como num sonho, sentou-se num divã em frente a ele.

– Está surpresa – disse ele, caindo na risada. – Não esperava por isso, não é?

– Na verdade, não – respondeu Hilary. – Nunca pensei... nunca imaginei...

Mas a surpresa já estava diminuindo.

Ao reconhecer o sr. Aristides, o mundo irreal de sonhos em que estivera vivendo nas últimas semanas desfez-se em pedaços. Sabia agora que a Unidade parecera-lhe irreal... porque era irreal mesmo. Nunca fora o que alegava ser. O *Herr Direktor*, com sua voz arrebatadora, também era irreal... um mero títere colocado ali para ocultar a verdade. A verdade estava aqui, nesta sala oriental secreta. Um pequeno velho sorrindo calmamente. Com o sr. Aristides no centro do quadro, tudo fazia sentido... sentido prático, objetivo.

– Entendo agora – disse Hilary. – Isto aqui... é tudo seu, não?

– Sim, madame.

– E o diretor? O suposto diretor.

– Ele é muito bom – falou o sr. Aristides em tom de gratidão. – Pago-lhe um ótimo salário. Ele costumava conduzir reuniões revivalistas.

Ficou fumando, pensativo, por alguns instantes. Hilary não abriu a boca.

– Há doces turcos atrás da senhora, madame. E outros doces, se preferir. – Mais uma vez, fez-se silêncio. Então, ele continuou: – Sou um filantropo, madame. Como sabe, sou rico. Um dos homens mais ricos do mundo atualmente. Talvez, o mais rico. Com toda a minha riqueza, sinto-me na obrigação de servir à humanidade. Estabeleci aqui, neste lugar isolado, uma colônia de leprosos e um grande centro de pesquisa voltado para a cura da lepra. Alguns tipos de lepra *são* curáveis. Outros, até hoje, não. Mas estamos trabalhando com afinco e temos obtido bons resultados. A lepra não é uma doença tão contagiosa como pensam. É muito menos contagiosa do que a varíola, o tifo, a peste e tantas outras doenças desse tipo. No entanto, se dissermos "uma colônia de leprosos", as pessoas morrerão de medo e tentarão manter distância. É um temor antigo, muito antigo, que vem dos tempos bíblicos e permanece até os dias de hoje. O horror aos leprosos. Fiz uso disso para criar este lugar.

– Foi por esse motivo que o criou?

– Sim. Temos também um departamento de pesquisa sobre o câncer, e trabalhos importantes sobre tuberculose estão sendo feitos. Realizamos ainda pesquisas sobre vírus... para fins de tratamento, *bien entendu*... nada de guerra biológica. Tudo humanitário e dentro do que é permitido. Uma honra para mim. Os mais renomados médicos, cirurgiões e pesquisadores químicos vêm aqui de vez em quando para ver nossos resultados, como aconteceu hoje. O prédio foi engenhosamente construído, de modo que uma parte dele é completamente isolada e invisível, até mesmo para um observador aéreo. Os laboratórios mais secretos foram escavados na rocha. Estou acima de qualquer suspeita. – Sorriu e acrescentou: – Sou muito rico.

– Mas por quê? – quis saber Hilary. – Por que essa ânsia de destruição?

– Não tenho ânsia de destruição, madame. A senhora está sendo injusta comigo.

– Então... simplesmente não entendo.

– Sou um homem de negócios – disse o sr. Aristides com naturalidade. – Também sou um colecionador. Quando a riqueza se torna algo opressivo, essa é a única saída. Já colecionei muitas coisas na vida. Quadros... tenho o melhor acervo da Europa. Determinados tipos de cerâmica. Filatelia... minha coleção de selos é famosa. Quando uma coleção já está bastante grande, passamos para a próxima. Sou um homem velho, madame, e não tenho muito mais o que colecionar. Então, resolvi colecionar *cérebros*.

– Cérebros? – indagou Hilary.

Ele respondeu que sim com a cabeça.

– Sim, é a coisa mais interessante que existe para colecionar. Pouco a pouco, madame, estou reunindo aqui todos os cérebros do mundo. Os *jovens*. São os que trago para cá. Jovens promissores, que realizam planos. Um dia, as nações cansadas acordarão e perceberão que seus cientistas estão velhos e ultrapassados e que os cérebros jovens do mundo, os doutores, os pesquisadores químicos, os médicos e os cirurgiões, estão todos aqui, sob minha tutela. Se quiserem um cientista, um cirurgião plástico ou um biólogo, terão que vir aqui comprá-lo de *mim*!

– Quer dizer... – Hilary inclinou-se para frente, encarando-o. – Quer dizer que tudo isto é uma gigantesca operação financeira?

O sr. Aristides assentiu com a cabeça mais uma vez.

– Sim – respondeu. – Naturalmente. Caso contrário... não faria sentido, faria?

Hilary soltou um suspiro profundo.

– Não – disse ela. – Não faria nenhum sentido.

– Afinal de contas, veja bem – disse o sr. Aristides, como que se desculpando –, é a minha profissão. Sou um financista.

– Quer dizer, então, que não existe *nenhum* interesse político nisso tudo? O senhor não quer o poder mundial?

Ele ergueu as mãos em protesto.

– Não quero ser Deus – disse. – Sou um homem religioso. Essa doença de querer ser Deus é típica dos ditadores. Ainda não fui contagiado. – Refletiu por um momento e disse: – Poderá acontecer... um dia... mas até agora, felizmente, estou são.

– Mas como o senhor consegue fazer com que todas essas pessoas venham para cá?

– Eu as compro, madame. No mercado, como qualquer outro produto. Às vezes, compro com dinheiro, mas normalmente compro com ideias. Os jovens são sonhadores. Têm ideais, convicções. Outra opção é comprá-los com a segurança... aqueles que transgrediram as leis.

– Isso explica tudo – disse Hilary. – Quero dizer, explica o que me intrigava na viagem para cá.

– Ah, então a senhora ficou intrigada durante a viagem?

– Sim. A diferença de objetivos. Andy Peters, o americano, parecia ser completamente de esquerda. Ericsson, por outro lado, defendia fanaticamente a ideia do super-homem. Helga Needheim era uma fascista do tipo mais extremista e arrogante. O dr. Barron... – ela hesitou.

– Sim, ele veio por dinheiro – disse o sr. Aristides. – O dr. Barron é civilizado e cético. Não alimenta ilusões, mas tem verdadeiro amor ao seu trabalho. Ele queria muito dinheiro para levar adiante suas pesquisas. – Acrescentou: – A senhora é inteligente, madame. Percebi isso imediatamente em Fez.

Deu uma risada.

– A senhora não sabe, madame, mas fui a Fez só para observá-la... aliás, mandei que a levassem a Fez para observá-la.

– Compreendo – disse Hilary, reparando na reformulação oriental da frase.

– Fiquei feliz de imaginar que a senhora pudesse vir para cá. Porque não encontro muitas pessoas inteligentes para conversar por aqui, se é que a senhora me entende. – Fez um gesto. – Esses cientistas, esses biólogos, esses pesquisadores químicos não são interessantes. Talvez sejam gênios *no que fazem*, mas são pessoas pouco interessantes para conversar. – Acrescentou pensativo: – As mulheres deles, normalmente, são umas chatas também. Não incentivamos a vinda de esposas para cá. Só deixo vir esposas por um motivo.

– Qual?

O sr. Aristides respondeu secamente:

– Nos raros casos em que o sujeito não consegue trabalhar direito porque está pensando demais na mulher. Esse parecia ser o caso de seu marido, Thomas Betterton. Ele é conhecido, no mundo inteiro, como um jovem gênio, mas desde que chegou aqui só tem feito coisas medíocres. Sim, ele me decepcionou.

– Mas isso não acontece com frequência? Afinal, essas pessoas estão aprisionadas aqui. É de se esperar que se rebelem. Ao menos no início.

– Sim – concordou o sr. Aristides. – Isso é natural e inevitável. Acontece o mesmo quando se coloca um passarinho numa gaiola. Mas se o passarinho for colocado num aviário bastante grande, com tudo o que precisa, uma companheira, sementes, água, árvores, tudo o que precisa para viver, ele acaba esquecendo que já foi livre um dia.

Hilary sentiu um arrepio.

– O senhor me assusta – disse. – Realmente me assusta.

– A senhora entenderá um dia, madame. Todos esses homens de ideologias diferentes, apesar de ficarem desiludidos e revoltados quando chegam aqui, acabarão se conformando.

– O senhor não pode ter certeza disso – provocou Hilary.

– Não podemos ter certeza de nada neste mundo. Concordo com a senhora. Mas a probabilidade de acontecer o que eu digo é de noventa e cinco por cento.

Hilary encarou-o com horror.

– Isso é terrível – exclamou. – Como um *pool* de datilógrafas! Mas aqui o senhor tem um *pool* de cérebros.

– Exatamente. Uma ótima definição, madame.

– E com esse *pool* o senhor pretende, algum dia, fornecer cientistas a quem pagar melhor.

– Isso. Em linhas gerais, essa é a ideia, madame.

– Mas o senhor não pode mandar um cientista para outro lugar como mandaria uma datilógrafa.

– Por que não?

– Porque, quando o cientista estiver livre de novo, ele pode se recusar a trabalhar para o novo empregador. Nada o aprisiona mais.

– É verdade, até certo ponto. Talvez seja necessário lançar mão de um certo... condicionamento, digamos assim.

– Condicionamento? Como assim?

– Já ouviu falar em lobotomia, madame?

Hilary franziu a testa.

– É uma operação no cérebro, não?

– Exato. Foi originalmente idealizada para curar a melancolia. Estou falando sem entrar em jargões médicos, madame, para que a senhora entenda. Após a operação, o paciente não tem mais desejo de se suicidar, nem sentimentos de culpa. Desaparecem as preocupações, o peso da consciência, e o paciente fica manso e obediente na maior parte dos casos.

– Mas não há garantia total de sucesso, não é?

– Antigamente não havia. Porém, temos feito grandes progressos na investigação do assunto. Tenho aqui três cirurgiões: um russo, um francês e um austríaco. Com diversos enxertos e manipulações no cérebro, eles estão gradualmente chegando ao ponto de assegurar a obediência e o controle da vontade sem afetar a genialidade mental do paciente. Ou seja, poderemos condicionar um ser humano à docilidade sem alterar seu poder intelectual. Não haverá mais rebeldia.

– Isso é pavoroso – gritou Hilary. – Pavoroso!

Ele a corrigiu com serenidade.

– É *útil*. Diria que é até benéfico. Porque o paciente viverá feliz, contente, sem medos, anseios ou inquietações.

– Não acredito que isso seja possível – disse Hilary com despeito.

– *Chère madame*, desculpe-me dizer, mas a senhora não me parece a pessoa mais adequada para falar desse assunto.

– O que estou dizendo – explicou Hilary – é que não acredito que um *animal* satisfeito e sugestionável seja capaz de produzir algum trabalho digno de orgulho.

Aristides encolheu os ombros.

– Pode ser. A senhora é inteligente. Talvez tenha razão. O tempo dirá. Estamos realizando experiências constantes.

– Experiências! Experiências com seres humanos!

– Sim. É o único método prático.

– Mas... que seres humanos?

– Há sempre os inadaptados – respondeu Aristides. – Aqueles que não se acostumam com a vida aqui, que não cooperam. Eles constituem um bom material para as experiências.

Hilary enfiou as unhas nas almofadas do divã. Sentiu profundo horror daquele homenzinho sorridente, de rosto amarelado e ideias inumanas. Tudo o que ele dizia parecia tão razoável, tão lógico, tão profissional que o horror se agravava. Ela não estava diante de um louco delirante, mas de um homem para o qual seus semelhantes não passavam de matéria-prima.

– O senhor não acredita em Deus? – indagou ela.

– É claro que acredito em Deus – o sr. Aristides ergueu as sobrancelhas. Falava como se estivesse chocado com a pergunta – Já lhe disse isso. Sou um homem religioso. Deus me abençoou com um poder supremo: dinheiro e oportunidade.

– O senhor lê a Bíblia? – perguntou Hilary.

– É claro que sim, madame.

– Lembra-se do que Moisés e Aarão disseram ao Faraó? *Deixe o meu povo ir.*

Ele sorriu.

– Então eu sou o Faraó e a senhora é Moisés e Aarão? É isso o que a senhora está me dizendo, madame? Para deixar essas pessoas irem? Todo mundo ou apenas alguém em especial?

– Diria... todo mundo – respondeu Hilary.

– Mas a senhora sabe muito bem, *chère madame* – disse ele –, que isso seria perda de tempo. A senhora não está pedindo pelo seu marido?

– Ele não lhe serve – argumentou Hilary. – O senhor já deve estar convencido disso.

– Talvez seja verdade o que diz, madame. Estou muito decepcionado com Thomas Betterton. Esperava que sua presença aqui fosse restituir o brilho de seu talento, porque ele é realmente brilhante. A fama que tinha nos Estados Unidos não me deixa mentir. Mas sua vinda não mudou muita coisa. Não estou falando com base nas minhas observações pessoais, mas nos relatórios de quem entende do assunto. Seus colegas cientistas, que trabalham junto com ele. – Encolheu os ombros. – Seu trabalho é escrupuloso e medíocre. Nada mais que isso.

– Alguns pássaros não conseguem cantar quando estão presos – insistiu Hilary. – Talvez alguns cientistas não consigam produzir um trabalho criativo em determinadas circunstâncias. O senhor há de concordar que é uma possibilidade.

– Sim. Não nego.

– Então, considere Thomas Betterton como um de seus fracassos. Deixe-o voltar para o mundo exterior.

– Acho difícil, madame. Ainda não chegou o momento de permitir que todos saibam da existência deste lugar.

– Ele poderia jurar silêncio, jurar que nunca falaria nada.

– Ele poderia jurar, mas quebraria o juramento.

– Não quebraria, não! Tenho certeza.

– Eis uma esposa falando! Não é possível confiar na palavra das esposas nesses casos. Contudo – recostou-se no divã e juntou a ponta dos dedos amarelados –, se ele deixasse um refém aqui, não abriria o bico.

– O que o senhor quer dizer?

– Estou falando da *senhora*, madame... Se Thomas Betterton fosse embora e a senhora ficasse como refém... O que me diz? A senhora aceitaria?

Hilary ficou com o olhar perdido na escuridão. O sr. Aristides não tinha como enxergar o quadro que se desenhava diante dela. Estava de volta num quarto de hospital, sentada perto de uma moribunda. Ouvia Jessop e memorizava suas instruções. Se houvesse agora uma chance de Thomas Betterton ser libertado, mesmo que tivesse que ficar em seu lugar, não teria ela cumprido sua missão? Porque ela sabia (o que o sr. Aristides nem suspeitava) que não haveria nenhum refém no sentido usual da palavra. Ela não significava nada para Thomas Betterton. A mulher que ele amara já estava morta.

Hilary ergueu a cabeça e olhou em direção ao pequeno velho no divã.

– Aceitaria – respondeu.

– A senhora tem coragem, lealdade e devoção, madame. São grandes atributos. Quanto ao resto... – ele sorriu. – Falaremos sobre o assunto em outra ocasião.

– Oh, não, não! – Hilary escondeu o rosto nas mãos, desandando a soluçar. – Não consigo aguentar isso! Não consigo! É desumano demais para mim.

– Não se preocupe tanto, madame – a voz do velho era meiga, quase reconfortante. – Fiquei feliz de lhe contar nesta noite sobre meus objetivos e aspirações. Foi interessante observar o efeito numa mente desprevenida. Uma mente como a sua, equilibrada, sã e dotada de inteligência. A senhora está horrorizada. Sentiu repulsa. Mesmo assim, creio que foi sensato o plano de chocá-la. A princípio, a senhora rejeita a ideia, depois reflete a respeito e, no fim, a achará natural, como se fosse algo que tivesse sempre existido. Algo corriqueiro.

– Nunca! – berrou Hilary. – Nunca! Jamais!

– Ah – fez o sr. Aristides. – Eis a paixão e a rebeldia que caracterizam as pessoas de cabelos ruivos. Minha segunda mulher – acrescentou – tinha cabelos ruivos. Era uma mulher bonita e me amava. Estranho, não? Sempre gostei de ruivas. Seu cabelo é muito bonito. Existem outras qualidades que admiro na senhora: sua força, sua coragem, o fato de ter personalidade – suspirou. – Infelizmente, as mulheres, como tais, interessam-me muito pouco hoje em dia. Há duas moças aqui que me divertem de vez em quando, mas é o estímulo mental de uma boa companhia que prefiro agora. Pode acreditar, madame, sua companhia me fez muito bem.

– Suponhamos que eu conte tudo o que o senhor falou... ao meu marido.

O sr. Aristides sorriu com indulgência.

– Sim. Mas a senhora contará?

– Não sei... realmente não sei.

– Ah – exclamou o sr. Aristides. – A senhora é esperta. Algumas coisas as mulheres devem guardar para si. Mas a senhora está cansada... e abalada. Ocasionalmente, quando eu vier aqui, a senhora será trazida à minha presença e discutiremos muitos assuntos.

– Deixe-me sair deste lugar... – Hilary estendeu as mãos para ele. – Deixe-me ir embora. Deixe-me ir com o senhor, quando for. Eu lhe imploro. Por favor!

Ele fez que não com a cabeça, sem se alterar. Sua expressão era de indulgência, mas revelava um certo desprezo.

– Agora a senhora está falando como uma criança – disse em tom de reprovação. – Como poderia deixá-la sair? A senhora espalharia para todo mundo o que viu aqui.

– Não acreditaria se eu jurasse que não contaria nada para ninguém?

– Para falar a verdade, não – respondeu o sr. Aristides. – Seria muito tolo se acreditasse numa história dessas.

– Não quero ficar aqui. Não quero ficar aqui, nessa prisão. Quero sair.

– Mas a senhora tem o seu marido. Veio para cá, por livre e espontânea vontade, para ficar perto dele.

– Mas eu não sabia para onde estava indo. Não fazia a menor ideia.

– É verdade – disse o sr. Aristides –, a senhora não fazia a menor ideia. Mas posso lhe garantir que a vida aqui neste mundo particular para onde veio é muito mais agradável do que por trás da Cortina de Ferro. Aqui, a senhora tem tudo o que precisa! Luxo, um bom clima, distrações...

Levantou-se e deu-lhe um tapinha nos ombros.

– A senhora se acostumará – disse o velho, seguro de si. – Com certeza, o pássaro de cabeça vermelha se acostumará com a gaiola. Em um ou dois anos, a senhora estará muito feliz! Talvez – acrescentou em tom reflexivo – não tão interessante quanto agora.

Capítulo 19

I

Hilary acordou na noite seguinte com um sobressalto. Apoiando-se na cama com o cotovelo, tentava escutar.

– Tom, está ouvindo isso?

– Sim. Um avião voando baixo. Nada de mais. De vez em quando passam por aqui.

– Será que... – não terminou a frase.

Ficou acordada, pensando, repassando em sua mente aquela estranha conversa com Aristides.

O velho demonstrara certo apreço por ela.

Poderia aproveitar-se disso?

Poderia, no fim, convencê-lo a levá-la junto com ele para o mundo lá fora?

Na próxima vez em que viesse, ela o induziria a falar sobre sua falecida esposa de cabelos ruivos. Não seriam os atrativos físicos que iriam cativá-lo. O sangue que lhe corria nas veias agora era frio demais. Além disso, ele tinha suas "meninas". Mas os velhos gostam de relembrar, de que lhes peçam para falar dos tempos passados...

O tio George, que vivera em Cheltenham...

Hilary sorriu no escuro, recordando-se do tio George.

Seriam o tio George e Aristides, o homem dos milhões, realmente diferentes por trás das aparências? O tio George tivera uma governanta... "uma mulher tão educada e confiável, minha querida, sem nenhuma vulgaridade ou sensualidade. Uma pessoa simples e sóbria." Mas o tio George contrariara toda a família casando-se com aquele mulher educada e simples. Era uma mulher que sabia ouvir...

O que Hilary tinha dito a Tom? "Darei um jeito de sair daqui." Curioso se esse jeito fosse o sr. Aristides.

II

– Uma mensagem – disse Leblanc. – Finalmente.

Seu ordenança acabara de entrar e colocar um papel dobrado à sua frente, após cumprimentar todos. Leblanc abriu o bilhete e falou com entusiasmo:

– Este é um relatório de um dos nossos pilotos de reconhecimento. Ele ficou responsável por uma das áreas do Alto Atlas. Ao sobrevoar uma região montanhosa, observou que lhe faziam sinais luminosos. Eram em código Morse e foram repetidos duas vezes. Aqui estão.

Entregou o papel a Jessop.

COGLEPRAESL

Separou as duas últimas letras com um risco de lápis.

– SL... é o nosso código para "Não acuse o recebimento".

– E o COG do início – explicou Jessop – é o *nosso* sinal de identificação.

– A mensagem em si é o resto. – Sublinhou as letras que sobraram. – LEPRAE. – Olhou para a palavra com ar de dúvida.

– Lepra? – sugeriu Jessop.

– E o que significa isso?

– Vocês têm alguma colônia de leprosos importante? Ou mesmo sem importância?

Leblanc abriu um grande mapa e apontou para um ponto com o dedo grosso e manchado de nicotina.

– Aqui – disse. – Esta é a área sobre a qual nosso piloto está operando. Deixe-me ver. Acho que me lembro...

Retirou-se e voltou logo em seguida.

– Já sei – disse. – Há um centro de pesquisas médicas muito famoso nesse local, fundado e mantido por filantropos conhecidos... uma região bastante deserta. Tem sido feito um trabalho muito importante no que se refere ao estudo da lepra. Há um leprosário com cerca de duzentos pacientes. Existe também um centro de pesquisas sobre câncer e um sanatório para tuberculosos. Mas, veja bem, tudo absolutamente lícito. O estabelecimento goza da mais alta reputação. O próprio presidente da República é seu patrono.

– Sim – disse Jessop, concordando. – Um excelente trabalho realmente.

– Mas está aberto para inspeção a qualquer momento. Médicos que se interessam pelo assunto costumam visitar o local.

– E não veem nada que não devem ver! Por que veriam? Não há melhor camuflagem para um negócio duvidoso do que uma atmosfera de grande respeitabilidade.

– Pode ser – disse Leblanc sem convicção. – Serviria como ponto de parada para pessoas com outro destino. Talvez um ou dois médicos da Europa Central tenham conseguido organizar algo nesse sentido. Um pequeno grupo de pessoas, como o que estamos procurando, poderia ficar *perdu* ali por algumas semanas antes de prosseguir viagem.

– Acho que pode ser mais do que isso – opinou Jessop. – Acho que pode ser... o fim da jornada.

– Ou seja, algo maior.

– Um leprosário? Parece-me muito sugestivo... Hoje em dia, com toda a modernidade, a lepra pode ser tratada em casa.

– Talvez nas sociedades civilizadas. Mas não aqui neste país.

– Não. Mas a palavra lepra ainda está associada à Idade Média, quando os leprosos andavam com uma sineta no pescoço para que os outros saíssem de seu caminho. As pessoas não visitam uma colônia de leprosos por mera curiosidade. Quem visita, como você disse, são médicos interessados em pesquisa científica e, talvez, alguns assistentes sociais, querendo verificar as condições de vida dos leprosos... tudo certamente admirável. Contudo, por trás dessa fachada de filantropia e caridade, pode estar acontecendo qualquer coisa. A propósito, quem é o dono do lugar? Que filantropos contribuíram para a sua construção e manutenção?

– Isso é fácil de descobrir. Um minuto.

Voltou pouco tempo depois com um livro de consulta nas mãos.

– A instituição foi fundada por iniciativa privada. Um grupo de filantropos liderado por Aristides. Como sabe, Aristides é um homem riquíssimo e costuma empregar seu dinheiro em instituições de caridade. Fundou hospitais em Paris e Sevilha. Esta é, para todos os fins práticos, sua fundação... os outros doadores são seus associados.

– Então é um empreendimento de Aristides. *E Aristides estava em Fez quando Olive Betterton esteve lá.*

– Aristides! – Leblanc ficou empolgado com o que aquilo poderia significar. – *Mais... c'est colossal*!

– Sim.

– *C'est fantastique*!

– Muito.

– *Enfin... c'est formidable*!

– Certamente.

– Você se dá conta de como isso é formidável? – Leblanc, agitado, sacudiu o dedo na cara do outro. – Esse Aristides está em tudo. Está por trás de quase tudo. Bancos, governo, indústrias, armamentos, transportes!

Nunca é visto e raramente se ouve falar nele! Fica sentado num quarto aconchegante de seu castelo na Espanha, fumando, e às vezes rabisca algumas palavras num pedaço de papel que joga no chão. Um secretário se arrasta pelo chão, pega o papel e, alguns dias depois, um banqueiro em Paris estoura os miolos! Incrível!

– Sua dramaticidade é admirável, Leblanc. Mas não há nada de surpreendente no que me diz. Presidentes e ministros fazem declarações, banqueiros sentados em mesas suntuosas preparam balanços opulentos... mas todo mundo sabe que por trás de tanta importância e magnificência há um sujeito, aparentemente insignificante, que comanda tudo. Não é de se espantar que Aristides esteja por trás dessa história de desaparecimentos... Aliás, se tivéssemos sido mais perspicazes, já teríamos pensado nisso. Trata-se de um grande embuste *comercial*. Não tem nada de política. A pergunta agora é – acrescentou ele – o que faremos a respeito?

O rosto de Leblanc ficou sombrio.

– Não será fácil, veja bem. Se estivermos enganados... não quero nem pensar! E mesmo se estivermos certos... temos que *provar* que estamos certos. Se fizermos investigações... essas investigações podem ser interrompidas... por ordens superiores, entende? Não. Não será fácil... *Mas* – sacudiu o indicador rechonchudo – será feito.

Capítulo 20

Os carros subiram a estrada da montanha e pararam em frente ao grande portão cravado na rocha. Eram quatro carros. No primeiro estavam o ministro francês e o embaixador americano. No segundo estavam o cônsul inglês, um deputado e o chefe de polícia. No terceiro estavam dois membros da Comissão Real e dois importantes jornalistas. Acompanhando esses três primeiros carros, iam os indispensáveis satélites. No quarto carro estavam indivíduos desconhecidos pelo público em geral, mas notáveis em sua profissão, entre eles o capitão Leblanc e o sr. Jessop. Os motoristas, impecavelmente uniformizados, abriram as portas dos carros para que os ilustres visitantes descessem.

– Espero – murmurou o ministro apreensivo – que não tenhamos nenhum risco de *contato.*

Um dos satélites pronunciou-se imediatamente, de modo a tranquilizá-lo.

– *Du tout, monsieur le ministre.* Todas as precauções foram tomadas. A inspeção será feita a distância.

O ministro, que era velho e estava preocupado, pareceu aliviado agora. O embaixador disse algo a respeito do maior conhecimento e melhor tratamento dessas doenças hoje em dia.

O grande portão se abriu. Um pequeno grupo recebeu os visitantes na entrada: o diretor, moreno e corpulento, o diretor adjunto, alto e louro, dois importantes médicos e um renomado pesquisador químico. Os cumprimentos foram em francês, cheios de floreios e exageros.

– E *ce cher* Aristides? – perguntou o ministro. – Espero sinceramente que a saúde não o tenha impedido de cumprir sua promessa de nos encontrar aqui.

– O sr. Aristides chegou da Espanha ontem – contou o diretor adjunto. – Está esperando os senhores lá dentro. Permita-me, Vossa Excelência, *monsieur le ministre*, que o guie.

O grupo o seguiu. *Monsieur le ministre*, que estava ligeiramente apreensivo, olhou através do forte gradeado à sua direita. Os leprosos estavam alinhados o mais longe possível das grades. O ministro parecia aliviado. Sua visão da lepra ainda era medieval.

Na moderna e bem mobiliada sala de visitas, o sr. Aristides aguardava seus convidados. Houve cumprimentos, mesuras e apresentações. Os aperitivos foram servidos pelos criados negros, com suas túnicas brancas e turbantes.

– Um lugar maravilhoso, senhor – disse um dos jovens jornalistas a Aristides.

O velho fez um de seus gestos orientais.

– Tenho orgulho daqui – falou. – Este lugar é meu "canto de cisne", como se diz, minha última contribuição à humanidade. Não economizamos no projeto.

– Dá para ver – comentou entusiasmado um dos médicos da equipe. – Este lugar é o sonho de um profissional. Temos bons centros de pesquisa nos Estados Unidos, mas o que vi desde que vim para cá... *e* estamos obtendo resultados! É um fato, senhor.

Seu entusiasmo era contagioso.

– Devemos agradecer à iniciativa privada – disse o embaixador, curvando-se educadamente diante de Aristides.

– Deus tem sido muito bom comigo – disse ele.

Sentado meio agachado em sua cadeira, parecia um pequeno sapo amarelo. O deputado comentou baixinho com o membro da Comissão Real, muito velho e surdo, que Aristides representava um curioso paradoxo.

– O velho canalha provavelmente já arruinou milhões de pessoas e, sem saber o que fazer com todo o dinheiro que ganhou, está devolvendo-o.

O velho juiz com quem ele falava murmurou:

– É de se pensar até que ponto os resultados justificam grandes gastos. A maior parte das grandes descobertas que beneficiaram a raça humana foi feita com equipamentos bastante simples.

– E agora – prosseguiu Aristides depois da troca de formalidades e dos aperitivos – ficarei muito honrado se aceitarem a refeição simples que os espera. O dr. Van Heidem será o anfitrião, porque estou de dieta e tenho comido muito pouco. Depois da refeição, começaremos a visita.

Guiados pelo simpático dr. Van Heidem, os convidados encaminharam-se, com alegria, para o salão de jantar. Tinham ficado duas horas dentro de um avião mais uma hora dentro de um carro. Estavam todos famintos. A comida estava deliciosa e foi muito elogiada pelo ministro.

– Gozamos de um conforto razoável – comentou Van Heidem. – Um avião nos traz frutas e legumes frescos duas vezes por semana, temos um esquema para conseguir carne e frango e dispomos, claro, de diversas câmaras frigoríficas. O corpo deve reivindicar seus direitos frente aos recursos da ciência.

A refeição foi acompanhada de excelentes vinhos. Depois, serviram café turco. O grupo foi então convidado a fazer a visita de inspeção, que durou duas horas e foi bastante abrangente. O ministro, em especial, ficou feliz quando a visita acabou. Ele estava um pouco tonto com o brilho dos laboratórios, com a alvura reluzente dos infindáveis corredores e ainda mais atordoado com a quantidade de informações científicas transmitida.

O interesse do ministro era superficial, mas outros membros da comitiva demonstraram curiosidade. Perguntaram sobre as condições de vida dos funcionários e sobre diversos outros detalhes. O dr. Van Heidem mostrou tudo o que havia para ver, com a maior boa vontade. Leblanc e Jessop, o primeiro, da comitiva do ministro, e o segundo, acompanhando o cônsul inglês, retardaram o passo enquanto o grupo voltava à sala de estar. Jessop tirou do bolso um antiquado e barulhento relógio e consultou a hora.

– Não há nenhum vestígio aqui, nada – murmurou Leblanc agitado.

– Nenhum sinal.

– *Mon cher*, se estivermos no caminho errado, será uma catástrofe! Depois das semanas que levamos para organizar tudo. Para mim... será o fim da carreira.

– Ainda não estamos derrotados – disse Jessop. – Tenho certeza de que nossos amigos estão aqui.

– Mas não há nenhum vestígio deles.

– É claro que não há vestígio. Eles preparam tudo para essas visitas oficiais, de modo a não deixar aparentar nada de errado.

– Então, como conseguiremos provas? Uma coisa é certa: sem provas, não conseguiremos nada. Estão todos céticos. O ministro, o embaixador americano, o cônsul inglês... todos dizem que um homem como Aristides está acima de qualquer suspeita.

– Calma, Leblanc. Fique calmo. Posso garantir que ainda não estamos derrotados.

Leblanc encolheu os ombros.

– Você é um otimista, meu amigo – disse. Virou-se por um momento para falar com um dos rapazes da *entourage*, de rosto arredondado e impecavelmente vestido, e voltou-se para Jessop.

– Por que esse sorriso? – perguntou, suspeitando de alguma coisa.

– Ah, as maravilhas da ciência... a última modificação do contador Geiger, para ser mais exato.

– Não sou cientista.

– Eu também não, mas este detector de radioatividade está me dizendo que nossos amigos estão aqui. Este prédio foi construído assim de propósito. Todos os corredores e cômodos são tão parecidos que é difícil saber onde estamos e como é a planta do local. Há uma parte do prédio que nós não vimos. Não nos mostraram.

– Mas você supõe que ela exista por conta das indicações de radioatividade.

– Exatamente.

– Ou seja, aquela história das pérolas de novo.

– Sim. Como João e Maria, seguindo migalhas de pão. Porém, os sinais deixados aqui não podem ser evidentes como as contas de um colar de pérolas ou uma hamsá pintada em tinta fosforescente. Não podem ser vistos, mas podem ser sentidos... pelo nosso detector de radioatividade...

– Mas, *mon Dieu*, será suficiente?

– Deveria ser – afirmou Jessop. – O único problema é... – parou de falar.

Leblanc tomou a palavra.

– O que você quer dizer é que eles não *querem* acreditar. Tem sido assim desde o início. É verdade. Até mesmo seu cônsul é um sujeito cauteloso. O governo de seu país deve favores a Aristides. Quanto ao nosso governo... – encolheu os ombros. – *Monsieur le ministre*, pelo que sei, não se convencerá facilmente.

– Não podemos depender dos governos – disse Jessop. – Os governos e os diplomatas estão sempre com as mãos atadas. Mas precisamos deles aqui, porque são os únicos com autoridade. Devemos depositar nossa esperança em outra área...

– Que área, meu amigo?

O rosto solene de Jessop abriu-se num sorriso.

– Na imprensa – respondeu. – Os jornalistas têm faro para notícias. Não querem que elas sejam escondidas do público. Estão sempre dispostos a acreditar em qualquer coisa que pareça verossímil, mesmo que remotamente. A outra pessoa em quem confio – continuou – é aquele senhor surdo.

– Sei quem é. Aquele que parece estar a dois passos da morte.

– Esse mesmo. É surdo, está doente e quase não enxerga. Mas gosta da verdade. É um antigo juiz do Supremo Tribunal inglês e, apesar de estar surdo, cego e meio ruim das pernas, sua cabeça continua tão brilhante como antes... ele tem aquela perspicácia que os luminares adquirem, de saber quando existe algo de suspeito e alguém está tentando abafar. É um homem que ouvirá e desejará conhecer os fatos.

Tinham voltado à sala de visitas. Chá e aperitivos foram servidos. O ministro parabenizou o sr. Aristides com frases rebuscadas. O embaixador americano não ficou para trás. Foi então que o ministro, olhando ao redor, disse com ligeiro nervosismo na voz:

– E agora, senhores, creio que chegou o momento de deixarmos nosso querido anfitrião. Já vimos *tudo o que há* para ver... – acentuou essas últimas palavras. – Tudo aqui é magnífico. Um estabelecimento de primeira! Estamos muito gratos pela hospitalidade de nosso anfitrião e o felicitamos pelo sucesso do empreendimento. Então, já podemos nos despedir e partir. Concordam?

As palavras eram, de certa forma, convencionais, assim como a postura. O olhar lançado aos presentes denotava mera formalidade. Havia certo apelo naquele discurso. Na verdade, o ministro queria dizer: "Como perceberam, senhores, não há nada de anormal aqui, nada do que suspeitavam ou temiam. Ainda bem. Já podemos ir embora com a consciência tranquila".

Mas uma voz quebrou o silêncio. Era a voz calma, respeitosa, bem-educada e britânica do sr. Jessop. Dirigiu-se ao ministro em bom francês, apesar do sotaque inglês.

– Com a sua permissão, senhor – disse –, e se for possível, gostaria de pedir um favor ao nosso amável anfitrião.

– Claro. Nenhum problema, sr.... ah... sr. Jessop, não?

Jessop voltou-se de modo solene para o dr. Van Heidem. Não olhou ostensivamente para o sr. Aristides.

– Conhecemos tantas pessoas aqui – disse – que ficamos um pouco confusos. Mas há um velho amigo meu aqui com quem gostaria de falar antes de partir. Será que isso é possível?

– Um amigo seu? – perguntou o dr. Van Heidem em tom delicado, porém surpreso.

– Na verdade, dois amigos – respondeu Jessop. – Há uma mulher, a sra. Betterton. Olive Betterton. Creio que seu marido está trabalhando aqui. Tom Betterton. Esteve em Harwell e, antes disso, nos Estados Unidos. Ficaria muito feliz se pudesse trocar uma palavrinha com eles antes de ir embora.

As reações do dr. Van Heidem foram perfeitas. Arregalou os olhos e franziu a testa admirado.

– Betterton... sra. Betterton... não, não há ninguém aqui com esse nome.

– Há um americano também – insistiu Jessop. – Andrew Peters. Pesquisador químico, acho eu. É isso, não? – virou-se em deferência para o embaixador americano.

O embaixador era um sujeito de meia-idade, arguto e com olhos azuis. Um homem de caráter e habilidade diplomática. Seus olhos fixaram-se nos de Jessop. Demorou um minuto, contado no relógio, para responder:

– Sim. Exatamente. Andrew Peters. Gostaria de vê-lo.

O assombro controlado de Van Heidem aumentou. Jessop, discretamente, lançou um rápido olhar a Aristides. O pequeno rosto amarelado não demonstrava notar nada de errado, nenhuma surpresa, nenhuma inquietação. Parecia simplesmente desinteressado.

– Andrew Peters? Não. Vossa Excelência deve ter se equivocado. Não temos ninguém com esse nome aqui. Creio que nunca ouvi tal nome.

– Mas já ouviu falar no nome de Thomas Betterton, não?

Por um segundo, Van Heidem hesitou. Sua cabeça virou-se ligeiramente para o velho sentado na cadeira, mas ele se conteve a tempo.

– Thomas Betterton – repetiu. – Sim, acho que sim...

Um dos jornalistas aproveitou imediatamente a deixa.

– Thomas Betterton – disse. – Notícia importante. Foi notícia importante há seis meses, quando desapareceu. Esteve nas manchetes de todos os jornais da Europa. A polícia está à sua procura. Quer dizer que durante todo esse tempo ele estava aqui?

– Não – Van Heidem falava com rispidez. – Alguém deve ter lhe dado informações erradas. Uma brincadeira, talvez. Vocês viram hoje todos os trabalhadores da Unidade. Viram tudo.

– Não tudo, eu diria – falou Jessop calmamente. – Há um jovem chamado Ericsson também – acrescentou. – O dr. Louis Barron e, possivelmente, a sra. Calvin Baker.

– Ah – o dr. Van Heidem fez cara de quem se lembrava. – Mas essas pessoas morreram no Marrocos... num acidente de avião. Agora me lembro. Ericsson e o dr. Louis Barron, ao menos, estavam no avião. De fato, a França sofreu uma grande perda naquele dia. Um homem como Louis Barron é difícil de se substituir – sacudiu a cabeça. – Não sei nada a respeito da sra. Calvin Baker, mas tenho a vaga ideia de que havia uma senhora inglesa ou americana no avião. Talvez fosse a sra. Betterton de quem fala. Sim, tudo muito triste – olhou de modo interrogativo para Jessop. – Não sei por que o senhor acha que essas pessoas vieram para *cá*! Possivelmente porque o dr. Barron falou, certa vez, que queria visitar nosso estabelecimento durante sua viagem ao norte da África. Talvez tenha sido esse o motivo do mal-entendido.

– O senhor está dizendo, então, que estou enganado? Que nenhuma dessas pessoas está aqui? – perguntou Jessop.

– Como poderiam estar, senhor, se todos morreram no desastre de avião? Creio que os corpos foram encontrados.

– Os corpos encontrados estavam totalmente carbonizados, impossibilitando a identificação – Jessop acentuou de propósito essas últimas palavras.

Houve um pequeno movimento atrás dele. Uma voz fina, fraca e clara então se fez escutar.

– Entendi mal, ou o senhor disse que os corpos encontrados não foram identificados? – Lorde Alverstoke estava inclinado para frente, com a mão na orelha. Por baixo das grossas sobrancelhas, seus olhos pequenos e vivos fitaram os de Jessop.

– Não conseguiram identificar os corpos, caro lorde – explicou Jessop –, e tenho razões para acreditar que essas pessoas escaparam com vida.

– Acreditar? – repetiu lorde Alverstoke em tom de desagrado em sua voz fina e alta.

– Deveria ter dito que tenho provas de que eles estão vivos.

– Provas? Que tipo de provas, sr.... sr.... Jessop?

– A sra. Betterton estava com uma gargantilha de pérolas falsas no dia em que saiu de Fez para Marrakesh – contou Jessop. – Uma dessas pérolas foi encontrada a oitocentos metros do avião incendiado.

– Como o senhor pode garantir que a pérola encontrada era realmente do colar da sra. Betterton?

– Porque todas as pérolas daquele colar tinham uma marca, invisível a olhou nu, mas completamente reconhecível com uma boa lente.

– Quem as marcou?

– Eu, lorde Alverstoke, na presença do meu colega aqui, o monsieur Leblanc.

– O senhor colocou essas marcas... devia ter algum motivo para agir dessa forma.

– Sim, caro lorde. Tinha razões para acreditar que a sra. Betterton me levaria até seu marido, Thomas Betterton, contra quem há uma ordem de prisão. – Jessop continuou: – Mais duas pérolas foram encontradas, no caminho entre o avião incendiado e este lugar em que estamos. Investigações realizadas nos locais onde as pérolas foram encontradas resultaram na descrição de seis pessoas que se assemelhava à das pessoas supostamente queimadas no avião. Um dos passageiros tinha recebido também uma luva com tinta fosforescente. A marca da luva foi encontrada num dos carros que transportaram esses passageiros numa parte do trajeto até aqui.

Lorde Alverstoke observou com sua voz seca e imparcial:

– Incrível.

O sr. Aristides mexeu-se em sua grande cadeira. Suas pálpebras piscaram rapidamente, uma ou duas vezes.

– Onde foram encontrados os últimos vestígios desse grupo de pessoas? – indagou ele.

– Num campo de aviação abandonado, senhor – respondeu Jessop, dando a localização exata.

– Isso fica a centenas de quilômetros daqui – disse o sr. Aristides. – Supondo que suas interessantes especulações se justifiquem e que, por algum motivo, o acidente tenha sido simulado, os passageiros, pelo que entendo, foram de avião para algum lugar, cujo destino desconhecemos. Como o campo de aviação de onde partiram fica a centenas de quilômetros daqui, não vejo por que o senhor acha que eles estão aqui. Por que estariam?

– Existem razões bastante plausíveis, senhor. Um sinal foi captado por um de nossos aviões de busca e trazido ao sr. Leblanc. A mensagem, que começava com letras do nosso código especial de identificação, informava que as pessoas em questão estavam numa colônia de leprosos.

– Tudo isso é incrível – disse o sr. Aristides. – Muito incrível. Mas tudo me leva a crer que tentaram desencaminhá-lo. Essas pessoas não estão aqui. – Falou em tom calmo e peremptório. – O senhor tem total liberdade para fazer uma busca no local se quiser.

– Duvido que encontremos alguém, senhor – disse Jessop. – Não numa busca superficial, embora – acrescentou – eu saiba onde devemos começar a procurar.

– É mesmo? Onde?

– No quarto corredor, saindo do segundo laboratório, virando à esquerda no fim da passagem.

O dr. Van Heidem fez um movimento brusco. Dois copos caíram da mesa e quebraram no chão. Jessop olhou para ele, sorrindo.

– Como vê, doutor – disse –, estamos bem informados.

Van Heidem exclamou com severidade:

– Isso é absurdo! Uma afronta! O senhor está insinuando que estamos detendo pessoas contra a vontade delas. Pois nego categoricamente tal afirmação.

O ministro falou um tanto sem jeito:

– Parece que chegamos a um *impasse*.

O sr. Aristides disse, imperturbável:

– É uma teoria interessante, mas não passa de teoria. – Consultou o relógio. – Se me permitem, senhores, sugiro que partam logo. A distância até o aeroporto é longa, e um atraso no voo de vocês poderá ser motivo de alarme.

Tanto Leblanc quanto Jessop perceberam que havia chegado o momento do confronto. Aristides exercia todo o poder de sua grande personalidade, desafiando-os a contrariá-lo. Se insistissem, significava que estavam dispostos a enfrentá-lo abertamente. O ministro, seguindo as normas, se renderia. O chefe de polícia só desejava agradar ao ministro. O embaixador americano não estava convencido, mas também hesitava em insistir por motivos diplomáticos. O cônsul inglês teria que concordar com os dois.

Aristides pensou nos jornalistas. Os jornalistas poderiam ser levados a sério! O preço deles talvez fosse alto, mas Aristides era da opinião de que eles poderiam ser comprados. Se não fosse possível comprá-los... bem, haveria outras opções.

Quanto a Jessop e Leblanc, eles sabiam. Isso era óbvio, mas eles não podiam agir sem o apoio das autoridades. Aristides deparou-se com o olhar frio de jurista de um homem velho como ele. Esse homem, certamente, não poderia ser comprado. Mas no final das contas... Seus pensamentos foram interrompidos pelo som daquela voz frágil, inexpressiva e distante.

– Na minha opinião – disse a voz –, não devemos apressar desnecessariamente nossa partida, pois estamos diante de um caso que merece ser investigado. Acusações muito sérias foram feitas. Não devemos ignorá-las. Em honra à verdade, que seja concedida a oportunidade de refutação.

– Cabe a vocês – disse o sr. Aristides – provar o que alegam. – Fez um gesto delicado em direção ao grupo. – Uma acusação absurda foi feita sem qualquer prova que a confirme.

– Sem prova, não.

O dr. Van Heidem virou-se surpreso. Um dos criados marroquinos tinha dado um passo à frente. Era um homem bonito, com uma túnica branca bordada e um turbante da mesma cor na cabeça. Seu rosto brilhava, negro e oleoso.

O que levou todos os presentes a olhar para ele boquiabertos foi o fato de que de seus lábios negroides saiu uma voz de origem puramente transatlântica.

– Não faltam provas – disse a voz. – Posso dar meu depoimento. Esses senhores negaram que Andrew Peters, Torquil Ericsson, o sr. e a sra. Betterton e dr. Barron estejam aqui. É mentira. Estão *todos* aqui... e falo por eles. – Aproximou-se do embaixador americano. – O senhor talvez tenha um pouco de dificuldade de me reconhecer no momento – disse –, mas eu sou Andrew Peters.

Um leve som sibilante saiu dos lábios de Aristides. Depois, ele se acomodou na cadeira de novo, com o rosto impassível mais uma vez.

– Há várias pessoas escondidas aqui – contou Peters. – Schwartz, de Munique, Helga Needheim, Jeffreys e Davidson, os cientistas ingleses, Paul Wade, dos Estados Unidos, os italianos Ricochetti e Bianco, Murchison... Estão todos aqui neste prédio. Existe um sistema de comportas praticamente impossível de detectar a olho nu. Há uma verdadeira rede de laboratórios secretos escavados dentro da pedra.

– Santo Deus! – exclamou o embaixador americano. Olhou atentamente para a figura majestosa de africano do seu interlocutor e começou a rir. – Mesmo assim, não posso afirmar que o reconheço.

– É por causa das injeções de parafina nos lábios, senhor. Sem falar na pigmentação preta.

– Se você é Peters, qual o seu número no FBI?

– 813471, senhor.

– Certo – disse o embaixador. – E as iniciais de seu outro nome?

– B.A.P.G., senhor.

O embaixador assentiu com a cabeça;

– Este homem é Peters – afirmou, olhando em direção ao ministro.

O ministro hesitou e pigarreou.

– O senhor está dizendo – perguntou ele a Peters – que essas pessoas estão detidas aqui contra a vontade?

– Alguns estão aqui porque querem, Excelência. Outros, não.

– Nesse caso – disse o ministro –, é preciso tomar depoimentos... sim, precisamos tomar depoimentos.

Olhou para o chefe de polícia, que deu um passo à frente.

– Um momento, por favor. – O sr. Aristides ergueu a mão. – Vejo – disse com sua voz calma e segura – que abusaram da minha confiança. – Seu olhar frio passou de Van Heidem ao diretor, e havia algo de implacável e dominador em seus olhos. – Quanto ao que vocês se permitiram fazer, senhores, em seu entusiasmo pela ciência, ainda não sei ao certo. Minhas doações para este lugar foram puramente em nome da pesquisa. Nunca me envolvi no cumprimento de sua política. Eu o aconselharia, *monsieur le directeur*, no caso de as acusações serem confirmadas pelos fatos, a apresentar as pessoas suspeitas de estarem detidas aqui ilegalmente.

– Mas, monsieur, é impossível. Eu... isso seria...

– Qualquer experiência desse tipo – disse o sr. Aristides – está acabada. – Encarou todos os presentes com seu olhar calmo de financista. – Senhores, imagino que seja quase desnecessário dizer-lhes que, se alguma atividade ilegal acontecia aqui, foi sem *meu* conhecimento.

Era uma ordem e foi recebida como tal, por causa de sua fortuna, seu poder e sua influência. O sr. Aristides, figura mundialmente conhecida, não estaria envolvido naquele assunto. No entanto, mesmo que escapasse incólume, seria uma derrota. Derrota em relação a seu objetivo, em relação ao *pool* de cérebros com o qual esperava obter enorme lucro. O sr. Aristides não se deixava abalar pelo fracasso. Já havia fracassado algumas vezes ao longo de sua carreira. Sempre aceitava o fato filosoficamente e partia para a próxima *empreitada.*

Fez um gesto oriental com as mãos.

– Lavo minhas mãos no que se refere a esse tema – disse.

O chefe de polícia apresentou-se. Sabia o que fazer agora, segundo as instruções recebidas. Estava pronto para agir com toda a autoridade que tinha.

– Não quero que criem empecilhos – disse. – É meu dever investigar a fundo.

Com o rosto muito pálido, Van Heidem adiantou-se.

– Queira me acompanhar – disse. – Vou lhe mostrar nossas acomodações de reserva.

Capítulo 21

– Sinto como se tivesse acordado de um pesadelo – suspirou Hilary.

Esticou os braços bem acima da cabeça. Eles estavam sentados no terraço de um hotel em Tânger. Haviam chegado naquela manhã de avião. Hilary continuou:

– Tudo aquilo aconteceu realmente? Não pode ser.

– Aconteceu – disse Tom Betterton. – Mas concordo com você, Olive, que parecia um pesadelo. O importante é que estou livre agora.

Jessop apareceu no terraço e sentou-se ao lado deles.

– Onde está Andy Peters? – perguntou Hilary.

– Logo estará aqui – respondeu Jessop. – Tinha alguns assuntos a resolver.

– Então, Peters era um de seus homens – comentou Hilary – e usou material fosforescente e uma cigarreira de chumbo que espirrava material radioativo. Nunca suspeitei de nada.

– Não – disse Jessop. – Tanto você quanto ele foram muito discretos um com o outro. Mas, a rigor, ele não é um dos nossos. Ele representa os Estados Unidos.

– Era isso que você queria dizer quando falou que esperava que eu tivesse proteção se realmente encontrasse Tom aqui? Referia-se a Andy Peters?

Jessop respondeu que sim com a cabeça.

– Espero que não esteja me culpando – disse com seu jeito sério – por não ter lhe proporcionado o fim que desejava.

Hilary parecia intrigada.

– Que fim?

– Uma forma mais esportiva de suicídio – lembrou ele.

– É verdade! – sacudiu a cabeça de maneira incrédula. – Uma ideia tão surreal quanto todo o resto. Fui Olive Betterton por tanto tempo que é estranho voltar a ser Hilary Craven.

– Ah, aí está meu amigo, Leblanc – disse Jessop. – Preciso falar com ele.

Deixou-os e andou pelo terraço. Tom Betterton disse rapidamente:

– Poderia me fazer mais um favor, Olive? Ainda vou chamá-la de Olive... fiquei acostumado.

– É claro. O quê?

– Acompanhe-me e depois volte e diga que fui para o quarto me deitar.

Ela o olhou sem entender.

– Por quê? O que você...?

– Vou embora, minha querida, enquanto é possível.

– Embora para onde?

– Para qualquer lugar.

– Mas por quê?

– Pense um pouco, minha querida. Não conheço bem a situação daqui. Tânger é um lugar estranho, que não está sob jurisdição de nenhum país. Mas sei o que acontecerá comigo se for com vocês para Gibraltar. Assim que chegar lá, serei preso.

Hilary olhou preocupada para ele. Na empolgação de terem escapado da Unidade, ela se esquecera de seus problemas.

– Você se refere às leis de proteção de informações oficiais ou sei lá o quê? Mas você não tem como fugir, não é, Tom? Para onde iria?

– Eu já disse. Para qualquer lugar.

– Mas será que isso é viável? Você precisaria de dinheiro e há muitos entraves.

Ele deu uma risada.

– Quanto ao dinheiro, não há problema. Está guardado num lugar sob um nome falso.

– Então você *recebeu* dinheiro?

– É claro que recebi.

– Mas eles irão atrás de você.

– Só que não me encontrarão facilmente. Você sabe que a descrição que eles têm de mim é muito diferente da minha aparência atual. É por isso que eu estava tão entusiasmado com aquela história de cirurgia plástica. O plano todo era esse. Sair da Inglaterra, guardar algum dinheiro e mudar minha aparência para nunca mais ser encontrado.

Hilary olhou-o com ar de dúvida.

– Você está equivocado – disse. – Tenho certeza de que está equivocado. Seria muito melhor voltar e encarar as consequências. Afinal, não estamos em guerra. Você ficaria apenas um curto período na prisão. O que adianta passar a vida inteira se escondendo?

– Você não entende – ele disse. – Não entende nada. Vamos. Não há tempo a perder.

– Mas como conseguirá sair de Tânger?

– Vou dar um jeito. Não se preocupe.

Ela se levantou e o acompanhou lentamente pelo terraço. Sentia-se inibida e incapaz de falar. Havia cumprido suas obrigações em relação a Jessop e à falecida, Olive Betterton. Agora, não tinha mais nada a fazer. Ela e Tom Betterton foram íntimos durante semanas e agora pareciam dois estranhos. Não se criara nenhum laço de companheirismo ou amizade entre eles.

Chegaram ao fim do terraço, onde havia uma pequena porta que dava para uma trilha estreita que descia em curvas até o porto.

– Vou sair por aqui – Betterton disse. – Ninguém está olhando. Até mais.

– Boa sorte – falou Hilary lentamente.

Ficou ali parada, olhando Betterton dirigir-se à porta e girar a maçaneta. Quando a porta se abriu, ele deu um passo para trás e parou. Havia três homens no limiar. Dois deles vieram em sua direção. O primeiro falou em tom formal:

– Thomas Betterton, tenho um mandado de prisão contra o senhor. Ficará aqui, sob custódia, enquanto durar o processo de extradição.

Betterton virou-se bruscamente, mas o outro sujeito já estava atrás dele. Então, soltou uma risada.

– Está tudo certo – disse –, só que *não sou Thomas Betterton.*

O terceiro indivíduo apareceu e ficou ao lado dos outros dois.

– É sim – disse. – O senhor é Thomas Betterton.

Betterton riu.

– O que você está dizendo é que no último mês você viveu comigo e ouviu me chamarem de Thomas Betterton e *eu mesmo* responder por esse nome. O fato é que *não* sou Thomas Betterton. Conheci Betterton em Paris. Vim para cá e tomei seu lugar. Pergunte a essa senhora se não acredita em mim – disse ele. – Ela veio para cá afirmando ser minha mulher e eu a reconheci como tal. Foi o que aconteceu, não foi?

Hilary fez que sim com a cabeça.

– Isso porque – explicou Betterton –, não sendo Thomas Betterton, eu, obviamente, não conhecia a mulher dele. Achei que ela fosse realmente a mulher de Betterton. Depois, tive que dar uma explicação que a satisfizesse. Mas essa é a verdade.

– Então foi por *isso* que você fingiu que me conhecia – exclamou Hilary. – Quando me disse para continuar representando... que prosseguisse com a farsa!

Betterton riu novamente, seguro de si.

– Não sou Betterton – repetiu. – Basta olhar qualquer fotografia de Betterton para ver que estou falando a verdade.

Peters deu um passo à frente. Quando falou, sua voz estava completamente diferente da voz do Peters que Hilary conhecia tão bem. Era uma voz calma e implacável.

– Já vi fotografias de Betterton – disse – e concordo que não o teria reconhecido como sendo a mesma pessoa. Em todo caso, você *é* Thomas Betterton, e provarei o que estou dizendo.

Agarrou Betterton e rasgou seu casaco.

– Thomas Betterton tem uma cicatriz em forma de Z no cotovelo direito.

Enquanto falava, rasgou a camisa de Betterton e virou-lhe o braço.

– Aqui está – disse, apontando para a cicatriz com ar triunfante. – Dois assistentes de laboratório nos Estados Unidos testemunharão a respeito. Eu sei disso porque Elsa me escreveu contando quando você se cortou.

– Elsa? – Betterton encarou-o. Começou a tremer de nervoso. – Elsa? O que tem Elsa?

– Quer saber qual a acusação contra você?

O chefe de polícia deu mais um passo à frente.

– A acusação – disse ele – é de assassinato em primeiro grau. Assassinato de sua esposa, Elsa Betterton.

Capítulo 22

– Sinto muito, Olive. Sinto muito mesmo. Por sua causa. Acredite. Em consideração a você, eu teria dado a ele uma oportunidade. Eu avisei que ele estaria mais seguro na Unidade. Mas eu tinha viajado a metade do mundo para pegá-lo. Estava decidido a prendê-lo pelo que ele fez com Elsa.

– Não entendo. Não entendo mais nada. Quem é você?

– Pensei que você soubesse. Sou Boris Andrei Pavlov Glydr, primo de Elsa. Fui enviado da Polônia aos Estados Unidos para terminar meus estudos numa universidade americana. Do jeito que as coisas andavam na Europa, meu tio achou melhor que eu me naturalizasse. Adotei o nome Andrew Peters. Então, quando começou a guerra, voltei para a Europa e combati na Resistência. Consegui fazer com que meu tio e Elsa fugissem da Polônia, e eles foram para os Estados Unidos. Elsa... já lhe contei sobre Elsa. Era uma das maiores cientistas do nosso tempo. Foi Elsa que descobriu a Fissão ZE. Betterton era um jovem canadense que ajudava Mannheim em suas pesquisas. Sabia fazer seu trabalho, mas não passava disso. Decidiu ter relações sexuais com Elsa e casar-se com ela para tornar-se seu associado no trabalho científico que ela estava realizando. Já perto de concluir as pesquisas, ele se deu conta da grande importância da fissão e resolveu envenenar a esposa!

– Não!

– Sim. Ninguém suspeitou de nada na época. Betterton parecia inconsolável. Dedicou-se ao trabalho com renovado afinco e anunciou a descoberta da Fissão ZE como sendo sua. Conseguiu o que queria: a fama e a reputação de um cientista de primeira linha. Considerou prudente deixar os Estados Unidos e ir para a Inglaterra. Foi trabalhar em Harwell. Eu tive que ficar na Europa por algum tempo após o fim da guerra. Como eu falava bem alemão, russo e polonês, podia ser bastante útil lá. A carta que Elsa me escreveu antes de morrer me deixou preocupado. A doença que a acometeu e acabou causando-lhe a morte pareceu-me misteriosa e inexplicável. Quando finalmente voltei aos Estados Unidos, comecei a investigar o caso. Não vou entrar em detalhes, mas o fato é que encontrei o que procurava. O suficiente para requerer uma ordem de exumação do corpo. No escritório do promotor público, havia um rapaz que tinha sido muito amigo de Betterton. Nessa época, ele viajou para a Europa e, num encontro com Betterton, acabou mencionando a exumação. Betterton ficou assustado. Imagino que já tivesse sido procurado por agentes do nosso amigo, sr. Aristides. De qualquer maneira, Betterton viu ali a melhor chance de não ser preso e julgado por assassinato. Aceitou os termos, mas exigiu que sua expressão facial fosse totalmente alterada. O que aconteceu, na verdade, é que ele acabou se tornando um prisioneiro mesmo assim, além de se meter numa enrascada, pois não tinha a capacidade de fazer o trabalho científico que era esperado. Ele não era, e nunca havia sido, um gênio.

– E você o seguiu.

– Sim. Quando os jornais noticiaram o sensacional desaparecimento do cientista Thomas Betterton, fui para a Inglaterra. Um grande cientista amigo meu havia sido procurado por uma tal sra. Speeder, que trabalhava na ONU. Quando cheguei à Inglaterra, descobri que ela havia tido um encontro com Betterton. Procurei me aproximar dela, demonstrando visões esquerdistas e exagerando um pouco, talvez, meus dotes científicos. Eu achava que Betterton tinha atravessado a Cortina de Ferro para que ninguém pudesse encontrá-lo. Bem, se esse era o caso, eu iria atrás dele. – Cerrou os lábios numa expressão séria. – Elsa era uma cientista maravilhosa, além de uma mulher bondosa e bela. Havia sido assassinada e roubada pelo homem que amava e em quem confiava. Se fosse necessário, eu mataria Betterton com as minhas próprias mãos.

– Entendo – disse Hilary –, agora entendo.

– Escrevi para você – disse Peters – quando cheguei à Inglaterra. Escrevi usando meu nome polonês, narrando os fatos. – Olhou para ela. – Acho que você não acreditou em mim. Nunca me respondeu. – Deu de ombros. – Então, fui falar com o pessoal do Serviço Secreto. Na primeira vez, fiz o papel de um oficial polonês. Sério, estrangeiro e formal. Na ocasião, suspeitava de todo mundo. Mas, no fim, acabei aliando-me a Jessop. – Fez uma pausa. – Esta manhã, minha busca terminou. A extradição já foi pedida. Betterton irá para os Estados Unidos e será julgado lá. Se ele for absolvido, não poderei fazer mais nada. – Acrescentou com a cara fechada: – Mas ele não será absolvido. As provas são irrefutáveis.

Parou de falar, olhando por sobre o jardim ensolarado em direção ao mar.

– O problema é que você foi lá encontrá-lo, eu a conheci e me apaixonei por você. Desde então, tem sido um inferno, Olive. Pode acreditar. E aqui estamos. Eu sou o homem responsável por mandar seu marido para a cadeira elétrica. Não há como fugir disso. É algo que você nunca conseguirá esquecer, por mais que perdoe. – Levantou-se. – Bem, queria que você ouvisse toda a história de minha própria boca. Então, adeus. – Virou-se abruptamente, enquanto Hilary estendia-lhe a mão.

– Espere – disse ela –, espere um pouco. Há algo que você não sabe. Não sou mulher de Betterton. A mulher de Betterton, Olive Betterton, morreu em Casablanca. Jessop convenceu-me a ficar em seu lugar.

Ele se virou e ficou olhando fixo para ela.

– Você não é Olive Betterton?

– Não.

– Meu Deus! – exclamou Andy Peters. – Meu Deus! – Deixou-se cair numa cadeira perto dela. – Olive – disse –, Olive, minha querida.

– Não me chame de Olive. Meu nome é Hilary. Hilary Craven.

– Hilary – repetiu em tom de pergunta. – Terei que me acostumar. – Colocou a mão sobre a dela.

No outro lado do terraço, Jessop, que discutia com Leblanc a respeito das dificuldades técnicas da atual conjuntura, parou de falar no meio de uma frase.

– O que você estava dizendo? – perguntou distraído.

– Eu disse, *mon cher*, que aparentemente não poderemos fazer nada contra esse animal de Aristides.

– Não mesmo. Aristides sempre vence. Ou seja, sempre consegue escapar. Mas perdeu muito dinheiro, e ele não gosta disso. Além disso, não conseguirá fugir da morte para sempre. Em breve, terá de comparecer à justiça suprema, a julgar pelo seu aspecto.

– O que você está olhando, meu amigo?

– Para aqueles dois – respondeu Jessop. – Enviei Hilary Craven numa jornada com destino desconhecido, mas parece que o fim de sua jornada é o de sempre.

Leblanc pareceu intrigado por um momento e depois disse:

– Ah, sim! O Shakespeare de vocês!

– Vocês franceses são tão versados em literatura! – exclamou Jessop.

Livros de Agatha Christie publicados pela **L&PM** EDITORES

O homem do terno marrom
O segredo de Chimneys
O mistério dos sete relógios
O misterioso sr. Quin
O mistério Sittaford
O cão da morte
Por que não pediram a Evans?
O detetive Parker Pyne
É fácil matar
Hora Zero
E no final a morte
Um brinde de cianureto
Testemunha de acusação e outras histórias
A Casa Torta
Aventura em Bagdá
Um destino ignorado
A teia da aranha (com Charles Osborne)
Punição para a inocência
O Cavalo Amarelo
Noite sem fim
Passageiro para Frankfurt
A mina de ouro e outras histórias

Memórias

Autobiografia

Mistérios de Hercule Poirot

Os Quatro Grandes
O mistério do Trem Azul
A Casa do Penhasco
Treze à mesa
Assassinato no Expresso Oriente
Tragédia em três atos
Morte nas nuvens
Os crimes ABC
Morte na Mesopotâmia
Cartas na mesa
Assassinato no beco
Poirot perde uma cliente
Morte no Nilo
Encontro com a morte
O Natal de Poirot
Cipreste triste
Uma dose mortal
Morte na praia
A Mansão Hollow
Os trabalhos de Hércules
Seguindo a correnteza
A morte da sra. McGinty
Depois do funeral
Morte na rua Hickory
A extravagância do morto
Um gato entre os pombos
A aventura do pudim de Natal
A terceira moça
A noite das bruxas
Os elefantes não esquecem
Os primeiros casos de Poirot
Cai o pano: o último caso de Poirot
Poirot e o mistério da arca espanhola e outras histórias
Poirot sempre espera e outras histórias

Mistérios de Miss Marple

Assassinato na casa do pastor
Os treze problemas

Um corpo na biblioteca
A mão misteriosa
Convite para um homicídio
Um passe de mágica
Um punhado de centeio
Testemunha ocular do crime
A maldição do espelho
Mistério no Caribe
O caso do Hotel Bertram
Nêmesis
Um crime adormecido
Os últimos casos de Miss Marple

MISTÉRIOS DE TOMMY & TUPPENCE

O adversário secreto
Sócios no crime
M ou N?
Um pressentimento funesto
Portal do destino

ROMANCES DE MARY WESTMACOTT

Entre dois amores
Retrato inacabado
Ausência na primavera
O conflito
Filha é filha
O fardo

TEATRO

Akhenaton
Testemunha de acusação e outras peças
E não sobrou nenhum e outras peças

ANTOLOGIAS DE ROMANCES E CONTOS

Mistérios dos anos 20
Mistérios dos anos 30
Mistérios dos anos 40
Mistérios dos anos 50
Mistérios dos anos 60
Miss Marple: todos os romances v. 1
Poirot: Os crimes perfeitos
Poirot: Quatro casos clássicos

GRAPHIC NOVEL

O adversário secreto
Assassinato no Expresso Oriente
Um corpo na biblioteca
Morte no Nilo

Agatha Christie
SOB O PSEUDÔNIMO DE MARY WESTMACOTT
ENTRE DOIS AMORES
L&PM POCKET
Agatha Christie
SOB O PSEUDÔNIMO DE MARY WESTMACOTT
RETRATO INACABADO
L&PM POCKET
Agatha Christie
SOB O PSEUDÔNIMO DE MARY WESTMACOTT
AUSÊNCIA NA PRIMAVERA
Agatha Christie
SOB O PSEUDÔNIMO DE MARY WESTMACOTT
O CONFLITO
L&PM POCKET
Agatha Christie
SOB O PSEUDÔNIMO DE MARY WESTMACOTT
FILHA É FILHA
L&PM POCKET
Agatha Christie
SOB O PSEUDÔNIMO DE MARY WESTMACOTT
O FARDO

Miss Marple
Agatha Christie®
A MALDIÇÃO DO ESPELHO
CHIPPING CLEGHORN GAZETTE
CONVITE PARA UM HOMICÍDIO
Nêmesis
UM CRIME ADORMECIDO
O ÚLTIMO CASO DE MISS MARPLE
TESTEMUNHA OCULAR DO CRIME
O CASO DO HOTEL BERTRAM
L&PM POCKET

L&PM POCKET

Poirot

Agatha Christie®

L&PM POCKET

lepmeditores

www.lpm.com.br
o site que conta tudo

Impresso na Gráfica BMF
2023